李玉民

1963 年毕业于北京大学西语系，1964 年作为新中国首批留法学生到法国勒恩大学进修两年，曾为首都师范大学外国语学院教授。潜心从事法国纯文学翻译四十余年，译著近百种，约有两千五百万字。主要译著有：雨果的《巴黎圣母院》《悲惨世界》，大仲马的《三剑客》《基督山伯爵》，莫泊桑的《一生》《漂亮朋友》《羊脂球》等。

田园交响曲

〔法〕安德烈·纪德 著
李玉民 译

吉林大学出版社

图书在版编目（CIP）数据

田园交响曲 /（法）安德烈 · 纪德著；李玉民译
. —长春：吉林大学出版社，2018.4
（读经典）
ISBN 978-7-5692-2028-5

Ⅰ . ①田… Ⅱ . ①安… ②李… Ⅲ . ①中篇小说—小说集—法国—现代 Ⅳ . ① I565.45

中国版本图书馆 CIP 数据核字（2018）第 075045 号

田园交响曲
TIANYUAN JIAOXIANGQU

著　　者：（法）安德烈 · 纪德
译　　者：李玉民
策划编辑：魏丹丹
责任编辑：魏丹丹
责任校对：王亭懿
开　　本：850mm × 1168mm　1/32
字　　数：200 千字
印　　张：8
版　　次：2018 年 4 月第 1 版
印　　次：2018 年 4 月第 1 次印刷

出版发行：吉林大学出版社
地　　址：长春市人民大街 4059 号（130021）
0431-89580028/29/21
http://www.jlup.com.cn
E-mail:jdcbs@jlu.edu.cn
印　　刷：万卷书坊印刷（天津）有限公司

ISBN 978-7-5692-2028-5　　定价：32.00 元

译本序

在二十世纪法国作家中，若论哪一位最活跃，最独特，最重要，最喜欢颠覆，最爱惹是生非，最复杂，最多变，从而也最难捉摸，那么几乎可以肯定，非安德烈·纪德莫属。纪德的一生及其作品所构成的世界，就是一座现代的迷宫。这座迷宫迷惑了多少评论家，甚至迷惑诺贝尔文学奖评委们长达三十余年。

这里顺便翻一翻诺贝尔文学奖这本老账，只为从一个侧面说明纪德为人和为文的复杂性，在他的迷宫里迷途不足为奇。比对一下法国两位文学大师，罗曼·罗兰(1866—1944)和安德烈·纪德(1869—1951)，就多少能看出诺奖评委们的疑虑与尴尬。两位作家生卒年代相近，都以等身的著作享誉文坛，虽不好说纪德的分量更重，至少也算是等量齐名。然而，罗曼·罗兰于一九一五年就获得了诺贝尔文学奖，纪德却还要等到三十二年之后，直至一九四七年，在他七十八岁的高龄，才荣获这一迟来的奖项，是因其“内容广博和艺术意味深长的作品——这些作品以对真理的大无畏的热爱，以锐敏的心理洞察力表现了人类的问题与处境”。

获奖评语涉及的这些作品，其实早在二十世纪一二十年代，都已经问世，受到广泛注意，主要有先锋派讽刺小说《帕吕德》(1895)、散文诗《人间食粮》(1897)、冲击传统道德的记述体小说《背德者》(1902)、日记体小说《窄门》(1909)、傻剧《梵蒂冈的地窖》(1914)、日记体小说《田园交响曲》(1919)、前所未见的结构革命的创新小说《伪币制造者》、自传《如果种子不死》(1926)……至此，他的“文坛王子”的地位已经确立，诺贝尔文学奖的授奖辞中所提到的作品，也都早已问世。可是，诺贝尔文学奖的评委们还要花上二十多年时间，才写出这样一段评语，总算稍微摸清了纪德的路数。

按照通常的办法，以定格、定势、定型的尺度去衡量，给一个作家下定论，用在纪德身上显然不合适。纪德的一生及其作品，正如他本人所描绘的，就好像变幻莫测的大海：

> 没有定形的大海……惊涛骇浪向前推涌，波涛前后相随，轮番掀起同一处海水，却几乎没有使其推移。只有波涛的形状在运行，海水由一道波浪涌起，随即脱离，从不逐浪而去。每个浪头只有瞬间掀动同一处海水，随即穿越而过，抛下那处海水，继续前进。我的灵魂啊！千万不要依恋任何一种思想！将你每个思想抛给海风吹走吧，绝不要带进天国。

大海的这种动势、变势，可以说贯穿纪德的一生及其全部作品。抓住瞬间的定形来论述纪德，那么在下一个瞬间，就必定会被抛到后面。因此，研读纪德的作品，就应该顺其势而动，顺其势而变，亦步亦趋，如影随形，这样才有可能辨认纪德错综复杂、变幻不定的足迹，摸清他那迷宫一般的思路。

让我们循着纪德生活与写作的姿态，来阅读纪德的作品吧。

《帕吕德》写于一八九四年十月，是纪德第一部重要作品，于次年出版，标志着作家纪德的诞生。在这前前后后，青年纪德发生了什么变化呢？纪德出身清教徒家庭，从小受到母亲严格的管教，养成他的叛逆性格。纪德自述："我的青春一片黑暗，没有尝过大地的盐，也没有尝过大海的盐。"纪德没有尝到欢乐，青春就倏忽而逝，这是他要摆脱家庭和传统的第一动因："我憎恨家庭！那是封闭的窝，关闭的门户！"有母亲在，他既不能真正脱离家庭，也不能同他所爱的表姐玛德莱娜结婚，只好频频出行，游历阿尔及利亚、突尼斯等国。《帕吕德》就是他旅居瑞士时，在孤寂中写成的。

一八九五年，《帕吕德》出版这年，又发生一件大事，纪德的母亲去世。纪德时年二十六岁，终于实现他母亲一直反对的婚姻。他生活的最大羁绊消失了，思想上又接受了尼采主义的影响，全面扬弃传统的道德观念，宣扬并追求前人所不敢想的独立与自由，于是写出了他的第二部重要作品《人间食粮》。这是他过了青春期焕发的第二个青春，而这久埋多滋润的青春激情，一直陪伴纪德走完一生，也贯穿他创作的始终。《人间食粮》被誉为"不安的一代人的《圣经》"，是纪德宣泄青春激情、追求快乐的宣言书。这部散文诗充斥着一种原始的本能的冲动，记录了本能追求快乐时那种冲动的原生状态；而这种原生状态的冲动，给人以原生的质感，具有粗糙、自然、天真、鲜活的特性，得到青年一代的认同。著名作家莫洛亚就指出："那么多青少年对《人间食粮》都狂热地崇拜，这种崇拜远远超过文学趣味。”

《帕吕德》就是他在生活和思想发生剧变的这一时期写出来的。这是一本既迷人又奇特的书，法国新小说派的代表作家娜塔丽·萨洛特、克洛德·西蒙，以及罗兰·巴特，都把《帕吕德》视为现代派文学的开山之作，预告了五十年后兴起的“怀疑时代”和“反小说时期”。贯穿全书的独特的幽默，暗讽当时的生活百态和文坛现象。那片沼泽地象征他的家庭，也直指当时的社会。遵循传统道德的世人，伪造生活还以“完人”自居，演绎着最荒谬的悲剧。当时活跃在文坛的两大流派，象征主义诗人如马拉美等，完全“背向生活”，而天主教派作家，又以一种宗教的情绪憎恨人生，更多的无聊文人则身负使命，极为掩饰生活。总之，在纪德看来，恪守既定人生准则的世人，无不生活在虚假之中。

纪德的文学创作自《帕吕德》始，就坚决摈弃“共同的规则”，绝不重复自己，更不要走上别人的老路，不写别人已写出或者能写出的作品。因此，他的每部新作，都与世上已有的作品，与他此前的作品迥然不同。他的许多作品，甚至模糊了体裁的界线，究竟是随笔、散文、诗歌、小说、叙事，还是别的什么，让批评家无法分类，既是傻剧又是小说，不伦不类。《帕吕德》结构巧妙，自成循环，叙述的多视角、空间的立体和层次感，都是前所未见，尤其“戏中戏”“景中景”，作者自由往来于现实与虚构之间。这种小说套小说复杂而奇妙的结构，是小说创作的一次革命，到后来他称之为唯一小说的《伪币制造者》，更是发展到极致。像《帕吕德》这样结构的一部作品，是可能写成好几本书的总和。

纪德的第三部重要作品《背德者》出版之后，有一个短篇

《浪子归来》值得注意，篇幅很短，但是寓意颇深，几场对话充满禅机。浪子回到父母身边，并非痛悔自己的所作所为，而他还鼓励并帮助小弟离家出走，则别有深意。细细品读，可以进一步认识纪德思想的复杂性。阿尔贝·加缪看了纪德的《浪子归来》，觉得尽善尽美，立即动手改编成剧本，由他执导的劳工剧团搬上舞台。

以《田园交响曲》为终篇，同《背德者》《窄门》组成的三部曲，从一九〇三年至一九一九年，历时十六载，记述了追求快乐和幸福的历程，但也是追求快乐和幸福的痛苦历程。在三部曲中，《田园交响曲》篇幅最短，却获得了巨大成功，持续一版再版。截至作者去世时，已发行上百万册，还被译成五十多种语言，在法国和日本被拍成电影。

《田园交响曲》同另外两部小说一样，是寻求生活快乐而酿成的悲剧。故事情节并不复杂：一名乡村牧师出于慈悲，不顾妻子的反对，收养一个成为孤儿的盲女，不仅对她关心备至，还极力启发她的心智，引导她逐渐脱离蒙昧状态，领略她看不见的美妙世界。然而，牧师从慈悲之心出发，一步步堕入情网，给妻子儿女造成极大痛苦，却又不敢面对现实，只是一味拿基督教教义为他对盲女的炽烈感情开脱，认为没有任何违禁的成分："我遍读《福音书》，也没有找到戒律、威胁、禁令……这些都出自圣保罗之口，在基督的话中却找不到。"盲女错把感激之情当成爱情，可是她治好了眼睛才看清，她爱的是儿子雅克而不是于她有恩的父亲；她也看清这种爱无异于犯罪，会给收养她的一家人带来痛苦和不幸。于是，她别无选择，唯求一死，假借采花之机失足落水……

纪德认为，在人生的道路上，最可靠的向导，就是自己的欲望:“心系四方,无处不家,总受欲望的驱使,走向新的境地……”他那不知疲倦的好奇心化为生生不息的欲望,他同欲望结为终身伴侣。他一生摆脱或放弃了多少东西,包括家庭、友谊、爱情、信念、名誉、地位……独独割舍不掉欲望。一种欲望满足,又萌生新的欲望,“层出不穷地转生”。他行进在旅途上,首先不是寻找歇脚的客店,而是干渴和饥饿感;他也不是奔向哪个目的地,而是前往新的境界:“下一片绿洲更美”,永远是下一个,要见识更美、更新奇的事物,寻求更大的快乐。直到去世的前一个月,已是八十二岁高龄的纪德,还在安排去摩洛哥的旅行计划,可见他的旅途同他的目的地之间,隔着他的整整一生。他随心所欲,究竟要把读他的人带到哪里呢?读者要抵达他的理想、他的终极目的,就必须跟随他走完一生。

《忒修斯》是纪德最后一部重要作品,是他文学创作的终结之篇,于一九四六年在纽约首次出版。从《帕吕德》到《忒修斯》,这一开一合,一放一收,横跨半个多世纪,我们可以看出,纪德的文学创作组成一个大循环,终点又回到起点,而每部重要作品又自成一个循环:《帕吕德》《人间食粮》、追求快乐和幸福的三部曲、《伪币制造者》……直到《忒修斯》,莫不如此。在《帕吕德》中,作者与书中人物于贝尔讨论《帕吕德》的写作,就提出一种“蛋”的概念:

> 一首诗存在的理由、它的特性、它的由来,难道你就始终一窍不通吗?……对,一本书,于贝尔,像一只蛋那样,是封闭、充实而光滑的。塞不进去任

何东西，连一根大头针也不成，除非硬往里插，那么蛋的形态也就遭到破坏。

蛋不是装满的，生下来就是满的……况且，《帕吕德》已经如此了……这里我守着，因为没有任何人；全排除掉了，我才选了一个题目，就是《帕吕德》，因为我确信没有一个人困顿到这份儿上，非得到我的土地上来干活；这个意思，我就是试图用这句话来表达："我是蒂提尔，孤单一人。"

蛋生下来就是满的，塞不进去任何东西，这是纪德的创作原则，也是生活态度与众最大的不同。看似简单的一句话，内涵却极其丰富，而且成为纪德终生的坚守："这里我守着。"参照萨特悼念纪德文章中的一句话，就容易理解了："他为我们活过的一生，我们只要读他的作品便能重活一次。纪德是个不可替代的榜样，因为他选择了变成他自身的真理。"

换言之，纪德原原本本经历了（包括心灵的行为）他在作品中讲述的生活；同样，他的作品也原原本本讲述了他所经历（包括心灵的轨迹）的生活。没有作弊，也没有美饰。通过他的作品回顾他的一生，还是用他的一生检验他的作品，两者都达到了惊人的重合。

这便是"他选择了变成他自身的真理"的结果。这句话所包含的两层意思：一是认定并选择一生的真理，二是以终生实践变成自己认定的人，纪德都圆满实现了，正如他在《忒修斯》结尾所讲的："我的命运圆满完成。我身后留下了雅典城。我的思想会永生永世住在这里。"

然而，纪德的思想和行为充满矛盾，充满变数，他自己也承认："我是个充满对话的人；我内心的一切都在争论，相互辩驳。""复杂性，我根本不去追寻，它就在我的内心。"明知自身的这种特性，又如何把握自己的一生，"选择了变成他自身的真理"呢？以常理看来，这无异于痴人说梦，根本不可能。不可能硬是变成了可能，纪德因而成为独一无二的人。

多样性原本是人类一种深厚的天性，长期受到社会的各种规则、传统习俗的遏制。没有了上帝，人要做真实的自我，选择存在的方式，就生成了无限可能性。这种生活的复杂与他内心的复杂一拍即合。纪德在构思《帕吕德》的时候，就在《日记》中明确表示：不应该选定一种而丧失其余的一切可能，要时刻迎候我内心的任何欲望，抓住生活的所有机遇。纪德自焕发第二次青春起，就给自己定下了人生准则，就是拒绝任何准则。正是这种内心的复杂所决定，纪德面对生活的复杂无须选择，仅仅从欲而为，一一尝试自己的欲望。

上帝死了，人完全获取了自由，取代了上帝空出来的位置，虽然不能全能，却能以全欲来达到上帝全能的高度，无愧于争得的自由。可见，纪德就是从这样的高度，一劳永逸地确定了自己的一生和讲述这一生的创作，形象地提出了"蛋"的概念。"蛋生下来就是满的"，里面装的正是他本人的全欲。这就意味着他这一生，一生的创作，完全以自己的激情、欲望为导向，不放过任何可能性，永远探索，永远冒险。

全欲，就意味着全方位地体验人生，全方位地思索探求，在追求快乐和幸福的同时，也不惜品尝辛酸和苦涩、失望和惨痛。

全欲，就意味着不专，不忠，不定。不专于一种欲望，不忠于一种生存状态，不定于一种自我的形象。

而且，与这种全欲的生活姿态相呼应，纪德的文学创作也不选定一个方向，要同时朝各个方向发展；从而保留所有创作源泉，维护完全的创作自由。全方位的生活姿态，同多方向的创作理念，就这样形成了互动的关系。为了充分掌握人生的全部真实，纪德就进入生存的各种形态，不能身体力行的，就由作品的人物去延伸，替他将所能有的欲望推向极致。

纪德的文学创作还有一个突出的特点：他那些相反相成、迥然不同的作品，写作和发表的时间虽有先后，但大多数是同时酝酿构思的，和他一劳永逸地确定自己的一生同步进行。大约在写《帕吕德》《人间食粮》的同期，纪德的文学创作就有一个总体的设想。就拿他的终结之篇《忒修斯》为例，早在四十年前就定了题目，开始酝酿了。他在《评希腊神话》(1919)一文中，就指出他如何重新表述他最看重的神话传说。四十年后写出来的《忒修斯》，成为一部遗嘱式的作品，读者通过雅典城的创建者忒修斯的人生旅程，可以追寻年已七十六岁高龄的纪德所留下的足迹。

如果说《帕吕德》是纪德文学创作的一个提纲，包含后来众多作品的发端思想，那么所有这些主题，又一股脑儿地出现在《忒修斯》中，就好像夕照的绚丽彩霞，辉映着旭日的灿烂光芒。色调也十分相近：略带调侃的幽默。纪德到了晚年，在《忒修斯》里回顾一生的时候，还难以掩饰二十几岁时的激情："我就是风，就是波涛。我就是草木，就是飞鸟……我在抚摩女人之前，先抚摩了果实、小树的嫩皮、海边的光滑石子、狗和马的皮毛。见到潘神、宙斯或忒提斯向我展示的一切美妙的东西,我都会勃起。"纪德借忒修斯之口,强调了他始终保持的冒险精神:"我要安全干什么!要平坦的道路干什么!毫无荣耀的那种安逸,还有舒适、懒惰,我都嗤之以鼻。"他前往雅典,不走安全的海路,偏要绕远,取道凶险的陆路,以考验自己的勇敢。他从大地彻底清除不少暴君、强盗和魔怪,还廓清了天空,"以便让人额头不要垂得那么低,不要那么惧怕意外的事件"。

忒修斯的壮举之一,就是冒着生命危险,进入克里特岛迷宫,杀死牛头怪弥诺陶洛斯,一举把希腊从被迫每年进贡七个童男和七个童女的义务中解放出来。纪德在重新表述这一著名的神话故事的过程中,融入了他先前作品的许多主题,如使命感、进取精神、强烈的好奇心、在满足欲望中寻求快乐等等,尤其是命运、永生这样人类的大题目。代达罗斯所讲的话,集中表达了忒修斯应走的路:

> 你要创建雅典,让那成为思想统治之地。因此,你经过激烈搏斗获胜之后,无论在迷宫里,还是在阿里阿德涅的怀抱里,都不可久留,继续往前走。要把懒惰视为背叛。直到你的命运达到尽善尽美了,才可以在死亡中寻求安歇。只有超越表面的死亡,由人类的认同再造之后,你才能永世生存。不要停留,往前走,城邦的勇敢的统一者。继续赶路吧。

难能可贵的是,纪德认为,有多少相互敌对的欲望和思想，共处并存在我们身上，人有什么权利剥夺这种思想或那种欲念存在呢？要完完全全成为真实的自我，就必须让自身的差异和矛盾，哪怕是难于启齿的行为，都充分地表现出来，绝不可以想方设法去扼杀不协调的声音。他不是要做一个“完人”，而是做一个“完欲”的人。

至少有两次重大的行为，并不很光彩，事先既没有压制欲望，事后也没有粉饰美化，在《忒修斯》中都坦率地讲述出来。忒修斯并不因为阿里阿德涅于他有恩，帮助他杀死牛头怪并逃出迷宫，就肯同她厮守终生。更有甚者，他不但要抛弃阿里阿德涅，还要设计拐走她妹妹淮德拉。他承认：“在女人方面，我总是喜新厌旧，这是我的优势，也是我的弱点。”他要不择手段，说干就干，“我的欲望的声音，战胜了感激的和情理的各种声音”。他制订了周密的劫持计划，中途将“美丽而缠人的阿里阿德涅丢到纳克索斯岛上”，乘船同淮德拉单独回到阿提卡。忒修斯冒险去克里特，吉凶难料，他和父亲埃勾斯——阿提卡国王说好，如果胜利返航，船上就挂白帆。但是他一时疏忽，挂了黑帆，埃勾斯以为是报丧，伤痛之下投海而死。不过，忒修斯扪心自问，难说不是有意那么干，只因埃勾斯服药重返青春，挡了他的路：“他就会阻碍我的前程，而照理每人都应当轮到机会。”

这两次行为同其他行为一样，是他全欲的组成部分，充分表现了他的思想的复杂性，也是他复杂的生活经历的忠实写照。自不待言，“用情不专”是他的一贯作风。他在前进的路上，遇到障碍，会毫不犹豫地一脚踢开，甚至不惜得罪法国当局（批评法国殖民政策），惹恼斯大林政权（《访苏归来》）。

他丝毫也不后悔，接受自己特立独行所产生的后果，哪怕失去“文坛王子”的桂冠，受到昔日盟友左翼力量的抨击。

纪德的作品，细读起来，随处可见看似简单的词句，却是深藏机锋的妙语。翻开《帕吕德》，信手抄两句：“每当一位哲学家回答你的问题，你就再也弄不明白自己问的是什么了。”“将婚姻变成长时间的爱情学徒期……”“自己决定行动，事先毫无顾忌地决定下来，就可以确信每天早晨不必看天气行事了。”好个“不必看天气行事”，世上能有几人敢口出此言，并且身体力行呢？《忒修斯》篇幅很短，极为凝练，高潮迭起，尤其忒修斯同代达罗斯的对话，忒修斯和俄狄浦斯二人命运的碰撞，击出多么高尚的火花，每次重读，都发人深思。

忒修斯当上国王，不改他的生活方式，同普通百姓一样简朴。他认为富豪权贵的贪得无厌是国家动乱的祸源，于是取缔地方小法庭和议会，全集中到雅典卫城。他还通过平均土地的办法，一下子消除了霸权以及由霸权引起的纷争，在全国公民中，包括穷苦人，实行财富和政治平等，欢迎外地人到雅典定居，并且享有同等权利。

他采取这些措施，促进雅典民富国强，促使人类能有更大的作为，表现出更大的价值。理想国、理想社会，这正是纪德思想的核心；他的全欲是拿个人做实验，为人类开辟幸福的源泉。《忒修斯》的结尾，留下了纪德的心声：“想想将来的人类也很欣慰：在我之后，人类多亏了我，将承认自己更幸福、更善良，也更自由……我不枉此生。”

李玉民

目　录

田园交响曲

致　斯伦贝谢

第一章

189×年2月10日

大雪连下三天未停，封住了道路，无法去R村了，打破了我十五年来的习惯：每月去主持两次弥撒。拉布雷维讷村的小教堂，今天上午只聚了不到三十名信徒。

大雪封路，赋闲在家，何不回顾一下，谈一谈我收养热特律德姑娘的由来。

我已有打算，要记述这颗虔诚的灵魂成长的全过程。我只想让她崇拜并热爱上帝，才把她带出了黑夜。感谢主交给我这种使命。

那是两年半前，有一天我刚从拉绍德封回来，就见一个素不相识的小姑娘。她匆忙来找我，是要领我去五英里远的地方，看一位要死的可怜老太太。正好马还没有卸套，我估计天黑之前赶不回来，便带上一盏灯笼，让小姑娘上车，一道出发了。

这一带地方，我以为非常熟识，不料一过拉索德雷庄园，照女孩指引，却走上我从未涉足的一条路。又行驶了两英里，看见左边一泓隐秘的小湖，才认出是我少年时滑冰的地方。此地不是我教职的辖区，十五年未见，也说不准小湖在什么方位，忽见它披着彩霞，映现美妙的夕照，还真恍若是在梦中见过。

湖中流出一条小溪，截断森林的末端。马车先是沿溪边行驶，继而绕过一片泥沼。可以肯定，此地我从未来过。

太阳下山了，在暮色中又走了好一阵工夫，带路的女孩才指着让我看，只见山坡上有一间茅舍，若不是升起一缕炊烟，真好像没有人住。那缕细细的炊烟，在暮色昏沉中蓝幽幽的，升到金霞的天空里又染成金黄色。我将马拴在旁边一棵苹果树干上，同女孩前后脚走进黑乎乎的屋里。老太婆已经咽气了。

此地荒僻肃杀的景象，此时寂静庄严的气氛，令我不寒而栗。床前跪着一位年纪尚轻的女子。带路的女孩，我原以为是老太婆的孙女，其实是个用人。她点燃一支冒黑烟的蜡烛，便伫立在床脚不动了。

走这么远的路，我总想同她聊聊，可是一路上也没有从她嘴里掏出几句话。

跪着的女子站起来。她不像我乍一见所猜想的那样，她并不是死者的亲戚，而是处得好的邻居。用人见主人不行了，才跑去叫她。她闻讯赶来，主动提出晚上守灵。她对我说，老太太临死没有什么痛苦。接着，我们一起商议如何料理丧事。一切都得由我决定，在这种荒僻的地方往往如此。不过，我要承认，这房子看样子再怎么清贫，只交给这邻妇和用人看管，我还真有点为难。其实，这破烂不堪的茅屋，也不大可能有什么财宝埋藏在角落里……怎么办呢？我还是问了问死者有没有继承人。

于是，邻妇拿起蜡烛，朝一个角落照去，我这才瞧见炉膛边隐隐约约蜷缩着一个人，仿佛睡着了，厚厚的头发差不多将脸全遮住了。

“这是个瞎眼姑娘，女佣说是老太太的侄女。这一家恐怕只剩下她一个人在世。只能把她送进救济院，要不，真不知她往后怎么办。”

就这样当面决定人家的命运，我听了十分不悦，担心这样直接的话会惹盲女伤心。

“别吵醒她。”我悄声说道，好歹也示意邻妇压低嗓门儿。

“唔！我看她没睡，她是个白痴，总不讲话，别人说什么她也听不懂。从我上午进屋到现在，她差不多就没动窝。起初我还以为她耳朵聋，用人说不对，老太太才是聋子，从不跟她讲话，也不跟任何人讲话，一直就这样，只是吃喝时才张开嘴。”

“这姑娘多大了？”

“我想总有十五了吧！别的情况，我知道的不见得比您多……”

我没有立即想到收养这个可怜的孤儿，仅仅在祈祷之后——确切地说，在我和邻妇、当用人的女孩跪在床前祈祷时——我忽然领悟到，上帝将一种职责摆在我的面前，我若是躲避就难免怯懦了。我站起身来，决定当晚就把她带走，只是还未想好今后如何安置，把她托付给谁。我对着死者又凝视了片刻，只见那张脸一副睡容，布满皱纹的嘴凹陷进去，仿佛让守财奴的钱袋绳收紧了口儿，绝不会漏出一文钱来。继而，我又转向盲女，并把我的打算告诉了邻妇。

“明天抬尸的时候，她最好不在场。”邻妇只说了这么一句。

盲女好似一堆毫无意识的肉体，随便让人带走。她生得五官端正，相当秀气，可是一点儿表情也没有。临走时，我到她平时睡觉的地方——通阁楼的楼梯下面的草垫上——抱了一床被子。

邻妇也很殷勤，帮我用被子把盲女裹好，因为晴朗的夜晚有点凉。我点上车灯，便赶车走了。这个没有灵魂的躯体，靠着我蜷成一团，黑暗中若不是传来一点儿体温，我还真感觉不出她还活着。一路上我都在想：她在睡觉吗？进入什么样的黑暗梦乡……她活在世上，醒来和睡着又有什么区别呢？主啊！这颗灵魂，囚在这不透明的躯体里，无疑在等待您的恩惠之光照到它！您是否允许，我的爱心也许能把她带出可怕的黑夜？……

我特别注重真实，不能避而不谈我回到家要遭受的责难。我妻子是美德的园地，哪怕在我们有时难免经历的困难时期，我一刻也未怀疑她善良的心地。不过，她天性善良归善良，就是不喜欢意外事件。她是个讲条理的人，分内事一丝不苟，分外事绝不插手，做起善事也有节制，就好像爱心是一种能耗尽的财富。我们夫妻间只有这一点争议……

那天夜晚，她一见我带回个女孩，就脱口嚷了一句，流露她最初的想法：

“你跑出去又揽了什么事儿?”

每次我们之间都得解释一番，我就先让站在一旁目瞪口呆、满脸疑问和惊讶的几个孩子出去。唉！这种态度，与我的希望相差多远啊！只有我可爱的小女儿一明白车里要出来新东西，出来活物儿，就拍着手跳起来。可是，几个大的让母亲管束惯了，立刻制止小妹妹，让她规矩点儿。

这次还真乱了一阵。我妻子和孩子还不知道我带回个盲女，见我极为小心地搀扶着她，都大惑不解。我本人也狼狈极了：在行驶的路上，我一直拉着可怜的残疾姑娘的手，现在一放开，她就怪声怪调地呻吟，听着不像人声，仿佛是小狗的哀号。她在自己狭小的天地里待惯了，这是头一回被人拉出来，走路连腿都发软。我给她搬一把椅子，她却瘫倒在地上，就好像不会坐到椅子上似的，我只好把她扶到炉子旁边，她得靠着炉台蹲下，恢复我在老太太家初见她时的姿势，才算略微平静下来。在车上就是这样，她身子滑落到座位下面，一路上就蜷缩在我双脚旁边。我妻子还是上手帮忙了，须知她最自然的举动总是最好的举动；不过，她的理智不断抗争，往往战胜感情。

“这东西，你打算怎么安置？”我妻子等把盲女安顿好了，又问道。

我一听用“东西”这个字眼，心中一抖，一股火气真难以控制。不过，我还沉浸在长时间的冥想中，也就没有发作，只是转向又围拢过来的孩子们，把一只手放在盲女的额头上，十分郑重地宣布：

“我带回迷途的羔羊。”

然而，我妻子阿梅莉认为，《福音书》的教导不会包含任何无理和超理的内容。我见她又要表示反对，便示意雅克和萨拉两个大孩子离开。他们俩看惯了父母的小争执，也不大关心是怎么回事儿（我往往觉得他们是不够关心），便带着两个小的走了。可是，我妻子仍不吭声，有点气恼，想必是有这个不速之客在场的缘故。

“有什么话，就当她面讲吧，”我又说道，“这可怜的孩子听不懂。”

于是，阿梅莉就开始责备了，说她当然跟我没有什么好讲的——这通常是她唠叨没完的开场白——说历来如此，她只能听任我异想天开，干些不切合实际又违反常情常理的事情。前面我已经写过，我还根本没有想好如何安置这个女孩，能否收养她，我还没有这种打算，或者说只有非常模糊的念头，倒是阿梅莉给我提了醒儿，她问我是不是觉得“家里人还不够多”。接着她又数落我一意孤行惯了，从来不顾忌身边人的反对意见，可她认为，五个孩子就足够了，自从生下克洛德(恰巧这时，克洛德仿佛听到叫他名字，就在摇篮里叫起来)，她已经觉得“够劲儿”了，已经疲惫不堪了。

刚听她说了几句，我就想起基督的几点训诫，但是话到嘴边又咽了回去，我总认为，拿《圣经》当自己行为的挡箭牌终归不妥。她一提起疲惫，我就无言以对，心里只得承认，我的善心一冲动起来就欠考虑，不止一次让她承担了后果。听她这番责备的话的确有道理，我明白了自己应尽的职责，于是非常温婉地恳求她想一想，换了她会不会像我这样做，眼看一个显然没有依靠的孤女落难，能否袖手旁观。我还充分估计到，收养这个残疾姑娘要给家务增添不少麻烦，我又不能多分担点儿，确实过意不去。我一面极力劝她平静下来，一面恳求她绝不要把怨恨发泄到这无辜的孩子身上。接着我还向她指出，萨拉长大了，往后能多帮她干点活儿，雅克也用不着她多操心了。总之，我凭着上帝赋予我的口才，说服她接受，况且我也确信，这事我若不是突然强加给她，而是容她多考虑一下，她本来会欣然接受的。

我见亲爱的阿梅莉友善地走近热特律德，以为这次我差不多又赢了，不料她举灯端详一下，发现这孩子浑身脏得无法形容，一股怒火又蹿上来，而且更加猛烈。

“哎呀，简直脏死啦！”她嚷道，“刷一刷，快点刷一刷。

别在这儿呀！到外面去抖哇。噢！天哪！这么多虱子，要爬满我们孩子一身啊。我最怕虱子了。”

无可否认，可怜的女孩子身上全是虱子，一想起在车上那么长时间同她挨在一起，我就不禁产生一股厌恶情绪。我出去尽量把身子清理一番，两分钟之后回屋来，看见我妻子颓然坐在椅子上，双手抱着头啜泣。

“真没想到，给你耐心持家增添这么大麻烦。”我温柔地对她说，“反正今天太晚，看也看不清楚，没办法了。我守着炉火，就让这孩子睡在这儿。等明儿，咱们再给她剪剪头，好好洗一洗，你看着她顺眼了再照管她。”我还求阿梅莉绝不要对我们孩子提起这件事。

吃晚饭的时候，家里的老厨娘一边侍候我们用餐，一边用敌视的目光，瞪着盲女拿着我递给她的餐盘狼吞虎咽的样子。餐桌上没人讲话。我本想给几个孩子讲述我这次遇到的意外情况，让他们明白并感受一下极端穷困的异常滋味，以便激发他们怜悯并同情上帝指导我们收留的女孩，可是又怕把阿梅莉的火再点起来。毫无疑问，我们每人都在想这件事，但似乎有一道无形的命令，要我们把这事置于脑后。

不过，有一件事令我特别感动：就在大家都睡下，阿梅莉把我一个人丢下之后一个多小时，忽见房门推开一条缝，我的小女儿夏洛特光着脚，只穿着睡衣，悄悄走进来。她搂住我的脖子，撒娇地拼命亲我，小声说道：

“我还没有好好祝你晚安呢。”

接着，她又伸出小小的食指，指着乖乖休息的盲女，表明她非常好奇，在进入梦乡之前又跑来瞧瞧，她悄声说道：

“为什么我还没亲亲她呢？”

“明天再亲吧。现在，咱们别打扰她，她睡觉呢。”我这样说着，又把她送到门口。

回头我又坐下来，看看书，准备下一次布道，一直工作到天亮。

我想（现在想起来）可以肯定，夏洛特要比哥哥姐姐显得亲热得多。其实他们哪个在她这年龄，没有给我错觉呢，包括老大雅克，如今他却变得那么疏远，那么持重……大人以为他们性情温柔，其实他们甜言蜜语，只想得到爱抚。

2 月 27 日

夜里又下了大雪。孩子们乐坏了，他们说用不了多久，大家进出就得走窗户了。今天早晨起来，大雪果然封住了门，只能从洗衣间出去了。昨天我就做了准备，村里也储备了足够的食物，毫无疑问，我们要同外界隔绝一段时间了。给大雪封住，这样的冬天倒不是头一回，但是在我的记忆中，我还从未见过这么厚的积雪。我讲述的事昨天既然开了头，趁此机会就索性写下去。

我说过，领回这残疾姑娘的时候，我并未多想她在我家能占个什么位置。我知道妻子反对也很有分寸，我也清楚我们家有多大地方,我们的收入极其有限。但是我出于天性,又基于道德原则,一贯这样行事,根本不算计我一时冲动会增加多少开销(我始终认为,计较花费违背《福音书》)。不过,信赖上帝是一码事,将负担推给别人是另一码事。时过不久我就发现,这副重担,我放到了阿梅莉的肩上,而且担子极重,起初真令我深感愧疚。

给这女孩剪头时,我还尽量帮忙,但也清楚地看到,阿梅莉已经非常厌恶了。等到给女孩洗澡的时候,我只好让妻子一个人干,心里明白自己逃避了最繁重、最讨厌的活儿。

阿梅莉倒是再也没有发一点怨言,夜里她大概考虑过,决定接受这副新担子,照料起来甚至显出点儿乐趣,我看见她给热特律德收拾完了,脸上有了笑容。我给盲女剃秃的头上涂了油膏,给她戴上一顶白布软帽;阿梅莉拿萨拉的旧外衣和干净的内衣,把她那身肮脏的破衣裳换下来,扔进火炉里烧掉。这个孤女的真名实姓,连她自己都不知道,我也无从打听,就由夏洛特起了热特律德这个名字,立刻得到大家的赞同。看来她比萨拉年龄略小,穿上萨拉一年前脱掉的衣裳正合身。

我在此必须承认,头几天我深感失望。我给热特律德设计了一大套教育方案,但事实却迫使我放弃了幻想。她那张迟钝的脸表情木然,确切地说毫无表情,使我的好心彻底冷了。她终日守着炉火,处于防卫状态,一听见我们的声音,尤其听见有人走近,她那张面孔似乎就露出凶相,也就是说一有表情，必定是敌意。只要有人稍微和她说话、沟通，她就像动物一样哼哼，嗷嗷叫起来。她这种气恼的态度，直到要吃饭的时候才停止。她扑向我亲自端给她的饭菜，形同牲口，贪吃的样子难看极了。常言道以心换心，我面对这颗顽固拒人的心灵，觉得萌生了厌恶之感。不错，老实说，开头十天我甚至大失所望，甚至对她失去兴趣，后悔一时冲动，真不该把她带回家来。还有一个情况损伤我的面子：阿梅莉看见我难以掩饰的情绪，便颇有些得意之色，她感到热特律德成为我的包袱，在家里时时令我难堪，就越发关心照料这孩子了。

我正处于两难境况的时候，住在特拉维谷村的友人马尔丹大夫，借巡诊之机前来看我。他听了我的介绍，对热特律德的状态很感兴趣，开头十分惊讶，女孩仅仅双目失明，何以处于如此愚昧的状态。于是，我就向他解释，她本身有这种残疾，而唯一照管她的那个老太太又是个聋子，从来不跟她讲话，结果可怜的孩子一直处于无人过问的境地。马尔丹大夫便劝道，既然是这种情况，我就不该丧失希望，我只是想干好而不得法儿而已。

“你还没有搞清地基牢不牢，就要动工盖房子。”马尔丹说道，“想想看，这颗灵魂还是一片混沌，连起码的轮廓都没有形成。先得把吃东西的几种感觉联系起来，就像贴标签那样，每种感觉配上一种声音、一个单词，你不厌其烦，反反复复对她说，然后设法让她重复。

“千万不要操之过急，每天按时教她，每次不要拖长时间……”

他详详细细地向我介绍了这种方法，然后又说道：

“其实，这种方法一点儿也不神秘，绝不是我的发明，别人已经采用过了。你忘了吗？我们一起修哲学那时候，老师谈到孔狄亚克和他那活动雕像，就说过一个类似的病例……”

他沉吟一下又说道：“要么就是后来，我在一本心理杂志上看到的……不管怎么说吧，反正给我留下深刻印象，甚至连名字我都还记得。那女孩比热特律德还要不幸，不但双目失明，还又聋又哑，不知由英国哪个郡的一位医生收养了，说起来那还是上世纪中叶的事儿。她的名字叫劳拉·布里奇曼。那医生写了日记，记录了孩子的进步，至少记录了开始阶段，他教她学习的种种努力，你也应当写那样的日记。那医生让孩子轮番触摸两件小东西：一根别针和一支笔，就这样一连几星期，然后拿来印有盲文的一张纸，让她摸纸上突起的两个英语单词：pin 和 pen。训练几周也没有一点儿收效。那躯体仿佛没有灵魂。然而，医生并不丧失信心。他叙述道：‘我就像趴在井沿儿上的一个人，在黑洞洞的深井里拼命摇动一根绳子，希望井下迟早有一只手抓住。’因为，他一刻也不怀疑深井下有人，那人迟早会抓住绳子。果然有一天，他看见劳拉木然的脸上绽开了笑容。我敢说在那种时刻，医生眼里一定涌出感激和爱的泪水，他一定跪下来感谢上帝。劳拉猛然明白了医生对她的期望——她得救啦！从那天起，她专心致志地学习，进步特别快，不久就能自学了，后来还当上一所盲人学校的校长——如果不是她，那就是另外一个人……还有不少事例，近来报纸杂志连篇累牍地报道，都争相表示惊讶，说是这种人还能得到幸福，在我看来实在有点少见多怪。其实，生来与外界隔绝的人都是幸福的，他们一有了表达能力，当然要讲述他们的幸福了。记者们自然听得入了迷，便引出一条教训：那些五官功能'健全'的人，居然还有脸抱怨……”

讲到这里，我就同马尔丹争论起来，反对他的悲观主义，绝不同意他似乎要表达的观点：归根结底，感官只能给人增添烦恼。

“绝没有这个意思，”他分辩说，“我只是想说明，人的灵魂更容易，也更愿意想象美好、悠然自在与和谐，而不去想象把人世搞得乌烟瘴气、百孔千疮的放荡和罪恶。正是这五种感官向我们提供情况，有助于我们放荡和作恶。因此我认为，维吉尔的话'自知其善'不如改为'不知其恶'，而'其乐无穷'，这就教导我们：世人若是不知道罪恶，那该有多幸福啊！”

马尔丹还对我提起狄更斯的一篇小说，他认为创造灵感直接来自劳拉·布里奇曼的事例，还答应立刻给我寄来一本。果然，四天之后，我收到了《炉边蟋蟀》一书，怀着浓厚的兴趣看了。这个故事偏长，但是有些段落很感人，主人公是个失明的姑娘，她父亲，一个穷苦的玩具制造商，竭力让她生活在舒适、富有而幸福的幻想中。狄更斯的艺术，就在于让人把虚假当成虔诚，谢天谢地！我对待热特律德大可不必如此。

马尔丹来看我的次日，我就开始实施他介绍的方法，做得十分精心。现在我后悔没有像他建议的那样，把热特律德的头几步记录下来。起初，我本人也是摸索着，领她走在这条昏黑的路上。头几周，要有常人难以想象的耐心，因为，这种启蒙教育不仅费时间，还给我招来责备。说起来叫我心里难过，那些责备的话偏偏出自阿梅莉之口。不过，我在这里提及，心中未存半点怨恨之意——我郑重地表明这一点，以后她看了我这些记录便知。（基督不是在亡羊喻之后，立刻教育我要宽恕别人的冒犯吗？）进而言之，我听了她的责备感到最难受的时候，也不能怪她不同意我在热特律德身上花那么长时间。我主要责怪她不相信我的努力能有收效。不错，这种缺乏信心的态度令我难受，然而并没有使我气馁。我经常听她唠叨："你若是真能干出点名堂来……"她坚持认为我肯定徒劳无功，因此，她自然觉得我不值得为此消耗时间，还不如干点别的什么。每次我训练热特律德的时候，她总找借口来打扰我，不是有什么人等我去见，就是有什么事等我去办，说什么我把见别人的时间用在这女孩身上了。总之，我认为是母亲的嫉妒心在作怪，不止一次听她这样说："你自己的孩子，哪个也没有这么精心过。"的确如此，我固然非常爱自己的孩子，但我一向认为他们用不着我多操心。

我常常感到，有些人以虔信的基督徒自诩，但是最难接受亡羊喻，他们始终不能领悟，每只羊单独离开羊群，在牧人看来，可能比整个羊群还要宝贵。请看这样的话："一个人如有一百只羊，走失一只，他不是要将九十九只羊丢在山上，去寻找那只迷途的羊吗？"这样闪着慈悲光辉的话，那些所谓的基督徒如果敢直言不讳，他们就肯定要断言是极不公正的。

热特律德脸上初绽的笑容，给我以极大的安慰，百倍地回报了我的苦心。因为，"这只羊如果找到，我实话告诉你们，它给牧羊人带来的快乐，要超过其他九十九只从未迷失的羊"。对，我也要实话实说。一天早晨，我看见热特律德雕像般的脸上露出笑容，她似乎突然开了窍儿，对我多日用心教给她的东西开始产生兴趣，我的心立刻沉浸在无比的喜悦中，这是我哪个孩子的笑容都从未产生的效果。

那天是3月5日，我当作一个生日记下这个日期。与其说是笑容，不如说是改容。她的脸突然"活了"，仿佛豁然开朗，就好像拂晓前的紫红色曙光，将阿尔卑斯高山从黑夜里拉出来，映照得雪峰微微颤动，不啻一种神秘的色彩。我还联想到天使降临、唤醒死水的贝塞斯达水池。看见热特律德有了天使般的表情，我一阵狂喜，觉得此刻降临到她身上的，恐难说不是爱而只是智慧。于是我万分感激，吻了一下她美丽的额头，心想这是献给上帝的一吻。

这种教育起步难，只要初见成效，进步就特别快了。如今，我要用心回想一下我们走过的道路：有时我就觉得热特律德往前跳跃，好像不在乎什么方法了。还记得开头阶段，我注重物品的性质，轻视其种类，如冷热、苦甜、粗糙、柔软、轻重……继而是动作，如挪开、靠拢、抬起、交叉、放倒、捆结、分散、收拢，等等。过了不久，我就什么方法也不用了，干脆同她交谈，不大考虑她是不是总能跟上我的思路，只想慢慢诱导她随便问我什么。毫无疑问，在我离开的时候，她的头脑还在继续活动，因为我每次再见到她都很惊讶，感到把她同我隔开的黑夜之墙变薄了。我想事情就应当这样：天气转暖，春天步步紧逼，终要战胜冬季。积雪融化的情景，有多少回令我赞叹不已：看表面还是原样，而下面却消融了。每年冬天，阿梅莉总要产生错觉，明确对我说：积雪一直没什么变化。殊不知看着还很厚，下面已经化了，突然间会一处处崩塌，重又显露出生命。

我担心热特律德像老年人那样，终日守着炉火，身子会虚弱下去，就开始带她到户外走走。不过，只有扶着我的胳膊，她才肯出去散步。她一出屋就惊恐万状，在她能够向我说明之前，我就看出来她从未到过户外。我在那间茅舍碰见她时根本没人管她，只给她点吃的，维持她不死，我还真不敢说是帮她活下去。她那昏暗的天地，只限于那间小屋的四壁，她从未出去过。夏天，房门敞着，外面是广阔的光明天地，她也只是偶尔到门口待一待。后来她告诉我，她听见鸟儿叫，还以为纯粹是光的作用，就像她感到脸和手暖乎乎的，也是光的爱抚一样。况且，她也没有细想，只觉得热空气暖人，就跟炉火能烧开水一样极其自然。事实上，她根本就不理会，对什么也不关心，完全处于麻木状态，直到我开始照顾她为止。还记得她听我说那些轻柔的歌声是活物发出来的，简直兴奋不已，认为那些活物的唯一功能，就是感受并抒发大自然的各种快乐。（从那天起，她就有了句口头语："我像鸟儿一样快乐。"）然而，她一想到自己不能欣赏鸟儿歌唱的绚丽景象，就不免伤感起来。

"世间真的像鸟儿唱得那么美吗？"她问道，"为什么别人不说得再明白点儿呢？为什么您不对我说一说呢？您是想我看不见，怕让我难过吗？您这么想就错了。鸟儿的歌声，我听得很真切，觉得完全明白它们说的是什么。"

"看得见的人，倒不如你听得那么明白，我的热特律德。"我对她这样讲是想安慰她。

"别的动物怎么不歌唱呢？"她又问道。她的问题有时出乎我的意料，一时难以回答，因为，她迫使我思考原先我不感到奇怪就接受的事理。于是，我第一次注意到，越是贴近大地的动物越沉重，也越悲伤。我设法让她明白这一点，并向她提起松鼠及其嬉戏。

这又引起她发问："鸟儿是不是唯一会飞的动物？"

"蝴蝶也会飞。"我回答。

"蝴蝶歌唱吗？"

"它们用另一种方式表达快乐。"我又说道，"它们把快乐用鲜艳的颜色写在彩翼上……"接着，我就向她描绘蝴蝶斑斓的色彩。

2 月 28 日

我得回顾一下，只因昨天我有点被动。

为了教热特律德，我也不得不学盲文，但时过不久，她就学得比我快了，我觉得颇为吃力，总想用眼睛看，不习惯用手摸读。再说，又有了帮手，也不只是我一个人教她了。起初我很高兴，因为，本乡我有很多事务，而住户又极分散，访贫探病往往要长途跋涉。本来这期间，雅克又去洛桑的神学院，初修功课，圣诞节回家度假，不知怎么滑冰摔伤，胳膊骨折了。我立刻请来马尔丹先生，他认为伤势并不严重，没怎么费劲就给接上了，无须另请外科医生，但是雅克要在家待一段时间养伤。在这之前，雅克从未仔细端详过热特律德，现在他突然发生兴趣，要帮我教她学习，不过也只限于养伤期间，大约三周。可是就在这三周里，热特律德进步非常明显。她的智慧昨天还处于懵懂状态，现在刚刚学步，还不怎么会走就跑起来，真令我惊叹。她不大费劲就能设法表达思想，相当敏捷，也相当准确，绝没有孩子气，根据所学形象地表达出来，总能大大出乎我们的意料，我们利用教她辨识的物品，向她讲解并描绘那些她不能直接接触到的东西，就像使用丈量仪测量一般。

这种教育的最初几个阶段，我认为无须在这里一一记述，应是所有盲人教育的必经之路。我想每个教授盲人的老师，都要碰到颜色这个难题。（提起这一点，我要指出《圣经》里没有一处谈到颜色的问题。）不知道别人是如何教法，我首先告诉她彩虹透过三棱镜所显示的七种颜色；不过这样一来，颜色和光亮又随即在她头脑里混淆了。我也意识到她单凭想象力，还难以区别色质和画家所说的“浓淡色度”。最难理解的是，每种颜色还可能有深有浅，不同颜色相混能调出无限多的颜色，她觉得这怪极了，动不动就扯到这个话题上。

于是，我找了个机会，带她去纳沙泰尔听了一场音乐会。我借助每种乐器在交响曲中的作用，又回到颜色的问题上，让热特律德注意铜管乐器、弦乐器和木管乐器的不同音色，注意每件乐器各自以或强或弱的方式，能发出从最低到最高的整个音阶。我让她也这样联想自然之物：红色调和橙色调类似圆号和长号的音色，黄色调和绿色调类似小提琴、大提琴和低音提琴的音色，而紫色调和蓝色调则类似长笛、单簧管和双簧管。她听了心中喜不自胜，疑云随之消散了。

“那该多美呀！”她一再这样说。

继而，她突然又问道：

“那么，白色呢？我这就不明白了，白色像什么……”

我立刻意识到，我这样比喻多么经不起推敲。

不过，我还是尽量向她解释：“白色，就是所有音调交融的最高极限；同样道理，黑色则是最低极限。”这种解释，别说是她，连我自己也不满意，同时我也注意到，无论木管乐器、铜管乐器还是提琴,从最低音到最高音,都能分辨出来。有多少回,我就像这样被问住,只好搜索枯肠,不知打什么比喻才能说清楚。

"这么说吧!"我终于对她说,"你就把白色想象成完全纯洁的东西,根本没有颜色了,只有光的东西;反之,黑色,就像颜色积聚,直到一片模糊……"

我在此重提对话的片段不过是个例证,说明我经常碰到这类难题。热特律德这一点很好,从不不懂装懂,不像一般人那样,脑子里装满了不确切或错误的材料,以后一开口就出错。一个概念只要没弄明白,她就坐卧不安。

就我上面所讲的情况,光和热这两个概念,起初在她的头脑里紧密相连,这就增加了难度,后来我费了九牛二虎之力才分开。

通过对她的教育,我不断有所体验:视觉世界和听觉世界相去多远,拿一个同另一个打比方,无论怎样都有欠缺。

2 月 29 日

我只顾打比方,只字未提纳沙泰尔音乐会,热特律德产生极大乐趣。那天的节目恰巧是《田园交响曲》。我说"恰巧",这不难理解,因为我希望让她听的,没有比这更理想的作品了。我们离开音乐厅之后,好长时间热特律德还心醉神迷。

“你们所看到的，真的那么美吗？”她终于问道。

“真的那么美呀，亲爱的。”

“真像《溪畔景色》那样？”

我没有立刻回答，心想这种难以描摹的和谐音乐，表现的并不是现实世界，而是可能没有邪恶和罪孽的理想世界。我还一直未敢向热特律德谈起邪恶、罪孽和死亡。

“眼睛能看见东西的人，并不懂得自己的幸福。”我终于说道。

“我眼睛倒是一点儿也看不见，”她立刻高声说，“但是我尝到听得见的幸福。”

我们朝前走，她紧紧偎依着我，像孩子一样拽着我的胳膊。

“牧师，您能感到我有多么幸福吗？不，不，我这么说并不是要讨您喜欢。您瞧瞧我：不是能从脸上看出来吗？我呢，一听声音就能听出来。您还记得吧，有一天，阿姨（她这样称呼我太太）责备您什么事也不肯帮她做，过后我问您，您说您没有哭，我马上嚷起来：‘牧师，您说谎！’唔！我从您的声音立即就听出来，您没有对我讲真话；我不用摸您的脸就知道您流过泪。”接着，她又高声重复，“是的，我用不着摸您的脸。”这话说得我脸红了，因为我们还在城里，行人纷纷回头瞧我们。然而，她还是照旧说下去：

“喏，不应当存心骗我。一是欺骗盲人就太卑鄙了……二是这也骗不了人。”她笑着补充道，“告诉我，牧师，您还算幸福吧，对不对？”

我拉起她的手，放到我嘴唇上，仿佛避免向她承认，要让她觉出我的一部分幸福来自她，随即又答道：

“不错，热特律德，我还算幸福。我怎么能说不幸呢？”

“可是，有时候您怎么哭呢？”

“有时候我哭过。”

“从我说的那次以后，再没有哭过？”

“没有，再也没有哭过。”

“您那是不想哭了吗？”

“对，热特律德。”

“您再说说……那次以后，您还有过想说谎的情况吗？”

“没有，亲爱的孩子。”

“您能向我保证，永远也不会骗我吗？”

“我向你保证。”

“那好！您这就告诉我：我长得美吗？”

问得突如其来，我一下就愣住了，况且，直到这天为止，我根本就不想留意热特律德无可否认的美貌；再说，我也认为毫无必要把这情况告诉她本人。

“你知不知道有什么关系呢？”我随即反问一句。

“这是我一件心事。”她回答，“我就是想知道我是不是……您怎么说的？……我在交响曲中是不是太不和谐。牧师，除了您，这事儿能问谁呢？”

“牧师无须考虑人的相貌美不美。”我还极力辩驳。

“为什么?”

“因为,对牧师来说,灵魂美就够了。”

“您这是让我相信我长得丑啦。”

她说着,撒娇地噘了噘嘴。见此情景,我憋不住了,便高声说道:

“热特律德,您明明知道自己长得很美。”

她不再说话了,神态变得十分庄重,一直到家还保持这种表情。

我们刚进屋,阿梅莉话里话外就让我明白,她不赞成我这样消磨一天时间。本可以事前跟我讲,可是她一言不发,放我和热特律德走了,先听之任之,但保留事后责备的权利。就是责备也不明言,而是用沉默表达出来。她既已知道我带热特律德去听音乐会了,见我们回来就问一问我们听了什么,这不是很自然的事吗?哪怕略表关怀,让这孩子感到别人关注她玩得开心不开心,不是让她更加高兴吗?况且,阿梅莉并不是真的沉默,而是有意只讲些无关痛痒的事。等晚上孩子们都睡下了,我就把她拉开,口气严厉地问她:

“我带热特律德去听音乐会,你生气啦?”

“你对家里哪个人,也不会像对她这样。”

看来,她心里总怀着同样的怨恨,始终不理解欢迎回头的浪子,也不款待在家的孩子的寓意。还令我难受的是,她根本不考虑热特律德是个有残疾的孩子,除了受点照顾,还能期望什么呢。平时我很忙,碰巧那天空闲,而阿梅莉明明知道我们孩子不是要做功课，就是有事脱不开身，她本人对音乐毫无兴趣，音乐纵然送上门来，她有多少时间，也想不到去听听，因此，她的责备尤为显得不公道。

阿梅莉居然当着热特律德的面讲这种话，就更令我伤心了。当时她虽然被我拉开了，但她故意提高嗓门儿，让热特律德听见。我感到伤心，更感到气愤。过了一会儿，等阿梅莉走了，我就靠近前，拉起热特律德的小手，贴到我的脸上：

“你摸摸！这回我没有流泪。”

“没有，这回轮到我了。”她勉颜一笑，说道。她朝我抬起那张清秀的脸，我猛然看见她泪流满面。

3 月 8 日

我所能做的阿梅莉唯一喜欢的事，就是不干她不喜欢的事情。这种完全消极的爱情表示，是她唯一能接受的。她也不可能意识到，她把我的生活限制到何等狭窄的圈子里。噢！但愿她要我干一件难办的事，哪怕为她赴汤蹈火，我也在所不辞！然而，她似乎讨厌一切打破习惯的行为，因此在她看来，生活的进步，无非是雷同地一天天加到过去上。她不希望，甚至不接受我再有新的品德，也不接受已有的品德进一步完善。她即便不表示反对，也是怀着不安的心情，注视灵魂力图从基督教教义中，看出驯化本能这一点之外的东西。

有件事我得承认，阿梅莉让我一到纳沙泰尔，就去缝纫用品商店结一下账，并给她带回一盒线，我却忘得一干二净。事后，我对自己比她的气还大，尤其我临走还保证绝错不了，深知“小事办不好，大事也不可靠”的说法，就担心她从我的疏忽中得出这种结论来。毫无疑问，在这点上我该受责备，也宁愿她责备我几句。要知道，臆想的怨恨，往往超过明确的指责。噢！我们若能只看实际的痛苦，绝不倾听我们思想中幽灵和魔鬼的声音，那么生活该有多美好，苦难也容易忍受了……我信笔写来，这简直成了一场布道的主题了(《马太福音》第十二章第二十九节：“无须惴惴不安”)。而我在这里要记述的，是热特律德智力和思想的发展过程。我回到正题上来。

这一发展过程，我本想一步一步记述，而且开头已经讲得很细了；怎奈我没有时间，不能详详细细地记录每个阶段，现在回想也极难准确地将这过程贯穿起来。我顺着思路，先讲了热特律德的想法，以及我同她的谈话。这些情况都近得多，有人若是看了，无疑会奇怪时间不长，她竟表达得如此准确，说理如此头头是道。不过，她的进步也的确快得惊人。我经常赞叹她头脑敏捷，能领会我的思路，而且什么也不放过，不断吸收消化各种知识。我这个学生往往想到前头，超越我的思想，着实令我惊讶，每次谈话下来，往往令我刮目相看。

不过几个月的工夫，她的智力真不像沉睡了那么多年。

她的智慧已经为大多数少女所不及,只因正常少女总为外界分心,主要精力消耗在一些鸡毛蒜皮的事情上。此外,我认为她的实际年龄,比我们当初估计的要大。她似乎要把双目失明这一不利因素变为有利因素。于是,我产生一个疑问:在许多方面,她的残疾是不是成为一个长处。我不免拿她同夏洛特相比,在我辅导学习的时候,只要飞过一只小苍蝇,夏洛特也要分神,我就要想:“她的眼睛若是也看不见,听我讲解肯定会专心多啦!”

自不待言,热特律德非常渴望阅读,但是我要尽量伴随她的思想,宁愿她少读,至少我不在时少读一些,也主要让她读读《圣经》——这在新教徒看来有点反常。这一方面我要说明一下,不过在谈及这个重大问题之前,我想先说一件与音乐有关的小事。据我回想,这事发生在纳沙泰尔那场音乐会之后不久。

不错,那场音乐会,我想是在雅克回家度暑假的三周前。在那段时间里,我不止一次带热特律德去我们小教堂,让她坐在小风琴前。这架风琴平时由路易丝·德·拉·M弹奏,现在热特律德就住在这位老小姐家中。当时,路易丝·德·拉·M还没有开始给她上音乐课。我虽喜爱音乐,但是懂得不多,同她并排坐到键盘前的时候,也觉得自己没有能力教她什么。

“不,让我自己来吧。”她刚摸几下琴键,就对我说道,“我愿意自己试一试。”

我最好离开她，觉得同她单独关在小教堂里毕竟不妥，一来要敬重这个圣地，二来也怕惹起非议——尽管平常我根本不理睬那些流言蜚语，但这又牵连到她，而不仅仅是我一个人的事了。我每次到某地巡视，就带她去，把她一个人丢在教堂里，往往几小时之后，到了傍晚再去接她，只见她还在聚精会神地学琴，耐心地发现和声，面对一个和音而久久沉浸在喜悦中。

距今半年多之前，在八月初的一天，我去慰问一位可怜的寡妇，不巧她不在家，我只好返回教堂去接热特律德。她没有料到我回去那么早，而我不胜诧异，发现雅克在她身边。他们俩谁也没有听见我进去的声音，因为我的脚步很轻，又被琴声所掩盖。我生来不愿窥探别人，但事关热特律德的事，我无不放在心上，因此，我悄悄地登上台阶，一直走到讲坛，那是观察的极好位置。老实说，我躲在那里好大工夫，也没有听见他们哪个讲一句不敢当我面讲的话。然而，雅克紧挨着她，好几次手把手教她按键。她先对我说不用指导，现在却接受雅克的指导，这事儿怪不怪呢？我心里有多惊讶，有多难过，都不敢向自己承认，我正要上前干预，忽见雅克掏出怀表。

“现在，我该走了，”他说道，“爸爸快回来了。”

这时，我看见热特律德任由他拉起手来吻了吻。等雅克走了有一会儿工夫，我才悄无声息地走下台阶，打开教堂的门，故意让她听见声响，好以为我刚进来。

“哎,热特律德!想回去了吗?琴练得好吗?”

“哦,好极了,”她声调极其自然地回答,“今天我真的有进步。”

我伤心透了,不过,我们谁也没有提到我刚才讲的场面。

我想尽快同雅克单独谈谈。一般吃完晚饭,我妻子、热特律德和孩子们早早就撤了,我和雅克留下来,看书要看到很晚。我等待这一时刻。可是,在同雅克谈话之前,我心中十分难过,思绪异常纷乱,不知这话从何谈起,抑或没有勇气触及。倒是雅克突然打破了沉默,说他决定每逢放假都回家来过。然而就在前几天,他还对我和妻子说要去上阿尔卑斯地区旅行,我们都一口答应了。我也知道他选定的旅伴,我的朋友T先生正等着他呢,因此,我明显感到,他突然改变主意同我白天撞见的场面不无关系。我先是心头火起,但是转念一想,我若是发作出来,只怕我儿子永远不会对我讲真话了,也怕自己只图一吐为快,事后又该后悔了,于是,我极力控制住自己,口气尽量自然地说道:

“我原以为T还指望与你同行呢。”

“哦!”他又说道,“也不是非我不成,再说,他也不难找个人替我。我在家休息挺好,不亚于去奥伯兰山区。真的,我认为在家里能更好地利用时间,总比到山里乱跑强。”

“看来,你在家里找到营生干啦?”我又问道。

他听出我话里带刺,但还不知其中缘故,他注视着我,满不在乎地又说道:

"您知道,我一直喜欢的是书,而不是登山杖。"

"不错,我的朋友,"我反过来盯着他说道,"可是,你不认为教琴比看书更有吸引力吗?"

想必他觉出自己脸红了,便把手放在前额,仿佛要避开灯光。但是,他马上又镇定下来,说话的声调那么坚定,也不是我所希望的:

"不要过分指责我,爸爸。我无意向您隐瞒什么,我正要向您承认,却让您占先了。"

他说话一板一眼,就好像在念书本,每句话都那么平静,仿佛与己无关。他装出这种异常冷静的态度,终于把我激怒了。他看出我要抢话,就抬起手,似乎向我表明:别打断我,让我先把话讲完,然后您再讲。我却不管那一套,抓住他的胳臂摇晃着,气冲冲地嚷道:

"我就是不能坐视你扰乱热特律德的纯洁心灵!哼!我宁愿再也见不到你。用不着你来表白。你是欺人家有残疾,欺人家单纯无知,欺人家老实。万万没有料到,你卑鄙无耻到了这种地步!居然像没事儿似的来跟我说话,真是可恶透顶!……你听清楚了,我是热特律德的保护人,一天也不能容忍你再同她说话,再碰她,再见她。"

"可是,爸爸,"他仍以令我火冒三丈的平静口气说道,"请相信,我像您本人一样尊重热特律德。您若以为有什么见不得人的事,那就大错特错了,我指的不仅仅是我的行为,还包括我的意图和心中的秘密。我爱热特律德,也敬重她,跟您这么说吧,我爱她和敬重她的程度是一样的。我同您的想法一样,扰乱她的心灵,欺她单纯无知,欺她双目失明,是卑鄙可耻的。”接着他又申辩,说他想要成为她的支柱、朋友和丈夫,还说他在打定主意娶她之前,本不应该对我谈这事,而且这种决定他要先跟我谈,热特律德本人还不知道呢。“这就是我要向您坦白的事儿,”他又补充说,“请相信,我再也没有什么要向您忏悔的了。”

听了这番话,我目瞪口呆,一边听一边感到太阳穴怦怦直跳。我事先只想如何责备,不料他却一条一条打消了我愤慨的理由,我觉得心里慌乱极了,等他陈诉完了,我再也没有什么话可讲了。

“先睡觉吧。”我沉默好半天,终于说道,我站起身,把手搭在他肩上,“关于这一切,明天我再告诉你我的想法。”

“至少您应当告诉我,您不再生我的气了。”

“夜里我要好好想一想。”

次日,我又见到雅克的时候,就好像是初次见面,突然觉得儿子不再是小孩子,而长成小伙子了。只要我还把他当作小孩子,我就会觉得我发现的这种爱情是可怕的。我一夜都在说服自己,要相信这是极其自然而正常的。既然如此,我的不满情绪又为何越发强烈呢?这事儿稍后一点儿我才弄清楚。眼下,我必须同雅克谈谈,让他知道我的决定。一种跟良知一样可靠的本能提醒我,要不惜一切代价阻止这桩婚事。

我将雅克拉到花园的最里端。到了那儿，我劈头就问他：

“你向热特律德表明了吗？”

“没有，”他答道，“也许她已经感觉到我的爱了，不过，我一点儿也没有向她吐露。”

“那好！你要答应我，先不对她讲这事儿。”

“爸爸，我答应听您的话，可是，能不能告诉我是什么理由呢？”

我颇犯踌躇，不知我首先想到的，是不是最重要而应先讲的理由。老实说，在这件事上，正是良知而不是理智在指导我的行为。

“热特律德还太小。”我终于说道，“想想看，她还没领圣体呢。你也知道，她跟一般孩子不同，唉！她的发育要晚得多，那么单纯轻信，乍一听到表白爱情的话，肯定很容易就动心了。正因为如此，千万不要对她讲。征服一个不能自卫的人，这就太卑劣了，我知道你不是那号人。你说你的感情无可指责，我却要告诉你，你的感情早熟就是有罪。热特律德还不懂得谨慎，我们应当替她多想想才对。这事要凭良心。”

雅克就有这一点长处，只需讲一句“我要你凭良心去做”，就能劝住他。在他小时候，我常用这句话劝止。然而，我端详着，心里不禁暗想：他的身材又挺拔又灵活，漂亮的前额没有皱纹，眼神十分坦诚，还有几分稚气的脸上似乎突然蒙上严肃的阴影，头上没戴帽子，而浅灰色的长发在双鬓微微卷曲，半遮住耳朵，他这副模样，热特律德若是看得见，能不赞赏吗？

“我对你还有一点要求。”我说着，从我们坐的长椅上站起来，“你说过打算后天就动身，我求你不要推迟。你要离家整整一个月，我求你一天也不要缩短旅程。就这样说定啦？”

“好吧，爸爸，我听您的话。”

看得出来，他脸色变得煞白，连嘴唇也没了血色。不过我确信，他这么快就顺从，心中的爱就不会太强烈，因而我感到一阵说不出来的轻松。再者，他这么听话，也令我感动。

“你还是我从前喜爱的孩子。”我口气温和地说，同时把他拉过来，亲了亲他的额头。他微微往后退了退，我也并不在意。

3月10日

房子太小，我们住在一起稍显拥挤，二楼虽有我一间专用和待客的小屋，但有时我做事也觉得不便，尤其想跟家里哪个人单独说话的时候，气氛总难免显得庄严肃穆了，只因这小屋像个会客室，孩子们戏称圣地，是不准随便进入的。且说那天上午，天气晴朗，雅克去纳沙泰尔买旅游鞋，午饭后，孩子们和热特律德一道出去了，她和他们也说不准谁引导谁。（我要在这里高兴地指出，夏洛特格外关心照顾她。）

这样一来，到了照例要在堂屋喝下午茶的时候，很自然就只剩下我和阿梅莉了。这也正是我所希望的，早就想同她谈谈了。平时难得有机会同她单独在一起，我反而感到有点拘束了，事情重大，要对她讲时不免心慌，就好像要吐露自己的心迹，而不是谈雅克的恋情。在开口之前我还感到，两个相爱并在一起生活的人竟会如此陌生，彼此间像隔了一道墙。在这种情况下，我们相互讲的话就宛如探测锤，凄然地叩击这道隔墙，警示我们墙壁有多坚固，如不当心，隔墙还要增厚……

“雅克昨天晚上和今天早晨同我谈了。”我见她倒茶，便开口说道，而我的声音有点颤抖，恰同昨晚雅克的坚定声音形成鲜明的对比，“他对我说他爱上了热特律德。”

“他跟你谈了就好。”她瞧也不瞧我就这么应了一句，继续干她的家务活儿，就好像我说了一件极其自然的事情，或者等于什么也没有说。

“他对我说他要娶她，他决定……”

“早就能看出来。”阿梅莉咕哝一句，还微微耸了耸肩。

“这么说，你早就觉察出来啦？”我有点不耐烦地问道。

“早就看出苗头来了，只不过这种事儿，你们男人粗心罢了。”

要分辩也无济于事，况且，她的巧妙回答也许有几分道理，我只好指出：

“既然如此，你应当提醒我一下呀。”

她嘴角抽动,微微一笑,这种神情往往伴随并维护她的保留态度。她偏着头摇了摇,说道:

"唔! 你粗心的事儿,都得由我来提醒!"

这句话话里有话,到底是什么意思呢? 我不明白,也不想弄明白,干脆不理睬:

"不管怎么说,我本想听听你的看法。"

她叹了口气,又说道:

"你也知道,亲爱的,我始终就不同意把这孩子收留在咱们家里。"

我见她又重提旧事,强忍着才没有发火。

"现在不是收留不收留热特律德的事。"我刚说一句,阿梅莉就截口又说道:

"我始终认为,她来了不会有好事儿。"

我特别想和解,就赶紧抓住这个话头:

"这么说,你认为这种婚姻不是什么好事儿了。好哇! 我就是想听你这句话,好在我们想到一处了。"我还告诉她,雅克倒是乖乖听了我给他讲的道理,因此她无须担心,已经说服雅克明天动身,要旅行整整一个月。

"我跟你一样,"最后我又说道,"旅行回来,不想让他再见到热特律德。我考虑过了,最好把热特律德托付给德·拉·M小姐,我还可以去那里看她,这事儿我也不隐讳,我对她承担了名副其实的义务。不久前我探了探口气,德·拉·M小姐愿意帮我们忙,当她的新房东。这样,你也就可以摆脱你瞧着别扭的一个人。路易丝·德·拉·M就照看热特律德，这样安排她很高兴，而且已经兴致勃勃给她上音乐课了。”

阿梅莉似乎执意保持沉默，我只好又说道：

“我想，这事儿也应当告诉一下德·拉·M小姐，免得雅克背着我们去找热特律德，你看呢？”

我这样询问，是要从阿梅莉的嘴里挤出一句话来，然而，阿梅莉就是紧闭双唇，仿佛发誓一声不吭。我实在受不了她这种缄默，再也无话可说也还是继续说道：

“再者说，雅克这趟旅行回来，也许恋爱病就治好了。他这种年龄的人，能摸得透心思吗？”

“哼！就是年龄再大些，心思也不是总能摸得透的。”她终于怪里怪气地说道。

她这种神秘兮兮的警示语气令我恼火。我生性直率，最不习惯秘而不宣的态度，于是朝她转过身去，要她把话说明白。

“没什么，朋友。”她忧伤地说道，“我不过在想，刚才你还希望有人提醒你没有留意的事儿。”

“那又怎么样？”

“怎么样？我心想，也不是那么容易提醒的。”

我说过，我讨厌这种神秘兮兮，原则上也不愿听藏头露尾的话。

“你真想让我听明白，就该把话说得再清楚些。”我又说道，但马上就后悔这话有点粗暴，因为一时间，我看见她的嘴唇在颤抖。她扭过头去，站起身，迟疑地在屋里走了几步，脚步似乎有点踉跄。

“阿梅莉，你倒是说呀，”我提高嗓门儿，“现在事情已经挽回了，你何必还自寻烦恼呢?”

我感到她受不了我的目光，就索性转过身去，臂肘撑着桌子，手抱住头说道：

“刚才我说话太粗鲁了，对不起。”

这时，我听见她走过来，继而感到她的手指轻轻放到我的额头上，只听她含泪温柔地说了一句：

“我可怜的朋友！”

她随即离开房间。

阿梅莉的话，当时我还觉得神秘难解，不久以后就完全明白了。我原本原样叙述起初的理解，那天我只理解一点：热特律德该离开我家了。

3月12日

我给自己规定这个义务：每天在热特律德身上花一点儿时间，根据忙闲的程度而定，几小时或片刻时间不等。同阿梅莉谈话之后的第二天，我碰巧有工夫，好天气又邀人出游，我就带热特律德穿过树林，一直走到汝拉山脉的山口。每逢天清气朗，站在这山口，目光透过枝叶的屏障，越过广阔的原野，就可以望见薄雾笼罩的阿尔卑斯山雪峰的美景。我们走到常歇脚的地点时，太阳已经在我们左侧开始下山了。我们脚下的坡地牧场长满密实的矮草，奶牛在稍远处吃草：在我们山区，牛脖子上都吊着铃铛。

“铃铛描绘出这里的风景。”热特律德听着铃声说道。

像每次散步那样，她要我描述我们停留的地点。

“你不是已经知道了吗，”我对她说，“这是树林边缘，能望见阿尔卑斯山。”

“今天望得清楚吗？”

“壮美的山色一览无余。”

“您对我说过，山色每天都有点变化。”

“今天的山色，就像夏天正午的干渴吧。天黑之前，山色就融入暮色中了。”

“我希望您告诉我，我们面前这大片牧场上，有没有百合花？”

“没有，热特律德，这么高的地方不长百合花，顶多只有罕见的品种。”

“没有人们所说的田野百合花吗？”

“没有田野百合。”

“在纳沙泰尔一带的田野，也没有吗？”

“也没有田野百合。”

“那么主为什么对我们说‘瞧瞧田野百合花’呢？”

“主既然说了，他那时代当然就有了；后来人类耕作，这种百合花就绝迹了。”

“还记得您常对我说，尘世最大的需求是信任和友爱。您认为人多一点儿信赖，还能重新看到田野百合花吗？我向您保证，我听这句话时，就看见了田野百合花。我来给您描绘一下，好吗？——看上去就像火焰钟，像天蓝色的大钟，充溢着爱的芳香，在晚风中摇曳。为什么您对我说，我们前边没有呢？我闻到啦！我看见牧场上开满了田野百合花。”

“这种花并不比你看到的更美丽，我的热特律德。”

“也不比我看到的差。”

“跟你看到的一样美丽。”

“我要老实地告诉您，就连所罗门罩在他整个的光轮中，也不如这样一朵花的穿戴。”她引用基督的话。而我听着她那优美的声音，就仿佛头一回听见这句话。“在他整个的光轮中。”她若有所思地重复道，继而沉默片刻，于是我接上说：“我对你说过，热特律德，眼睛看得见的人不会看。”这时，我听见从内心深处升起这句祷文：“上帝啊，我要感谢你，你向聪明人掩饰的，却揭示给卑贱者！”

“您若是了解，”她兴高采烈地高声说，“您若是能了解，这一切，我多么容易就能想象出来。喏！要我向您描述景致吗？……我们身后，头顶和周围，全是高耸的冷杉，散发树脂的香味，树干是石榴红色的，平伸的深暗色长枝在风中摇曳，发出阵阵哀鸣。我们脚下就像斜面桌上摊开的一本书，展现一大片花花绿绿的牧场，忽而在云影下变得蓝幽幽的，忽而由阳光辉映得金灿灿的。书上醒目的文字便是花朵，有龙胆花、银莲花、毛茛花，还有所罗门的美丽百合花，那些奶牛用铃声拼读这些文字，既然您说人的眼睛闭着，那就由天使来看这部书吧。在这部书下方，我看见一条热气腾腾的奶液大河，遮住一道神秘的深渊，那是一条特别宽阔的河流，没有彼岸，一直到我们远远眺望的美丽耀眼的阿尔卑斯山。雅克要去那里。告诉我，他明天真的动身吗？”

“他要明天动身。是他告诉你的吗？”

“他没有告诉我，但是我一想就明白了。他要走很久吗？”

“一个月……热特律德，我是想问你……他去教堂找你，你为什么没有告诉我呢？”

“他去找过我两次。哦！我什么也不想瞒您！不过，我怕让您难过。”

“你不告诉我才让我难过呢。”

她的手寻找我的手。

“他走了会伤心的。”

“告诉我，热特律德……他对你说过爱你吗？”

“他没有对我说过，可是，这事儿不说我也能感觉出来。他不如您这么爱我。”

“那么，热特律德，眼看他走了，你伤心吗？”

“我想他还是走了好。我不能答复他呀。”

“您明明知道，我爱的是您，牧师……咦！您干吗把手抽回去？假如您没有结婚，我就不会对您这样讲了。其实，谁也不会娶一个双目失明的姑娘。因此，我们为什么不能相爱呢？您说，牧师，您认为这种爱是作恶吗？”

“爱里面从来没有恶。”

“我感到心中只有善。我不愿意让雅克痛苦，我也不愿意给任何人造成痛苦……我只想给人幸福。”

“雅克打算向你求婚。”

“他走之前，您能让我同他谈谈吗？我想让他明白，他应当放弃对我的爱。牧师，您理解，谁我也不能嫁，对不对？您让我同他谈谈，好吗？”

“今天晚上就谈吧。”

“不，明天，就在他临走的时候……”

夕阳落入灿烂的晚霞中。空气温和。我们站起身，说着话，又沿着幽暗的小径往回走。

第二章

4 月 25 日

这本记事本,我不得不撂下一段时间。

积雪终于化了,道路一通,我就赶紧处理村子长期被雪封住时延误的大量事务。直到昨天,我才稍微有点闲暇。

昨晚,我又重看了一遍我写出的部分……

今天,我才敢正名,直呼我久久不敢承认的内心感情。实在难以解释,我怎么会把这种感情误解到现在。对于阿梅莉的一些话,我怎么会觉得神秘难解,在热特律德天真的表白之后,我怎么还会怀疑我是否爱她。这一切只因为我当时绝不承认可以有婚外恋,也绝不承认在我对热特律德的炽烈感情中,有任何违禁的成分。

她的表白那么天真,那么坦率,当时倒叫我放了心。我心想:她还是个孩子。若真是爱情,总难免羞涩和脸红。从我这方面讲，我确信我爱她就像怜爱一个有残疾的孩子。我照顾她就像照看一个病人，我把教育她当成一种道德义务，一种责任。对，的确如此，就在那次她对我表白的当天晚上，我感到心情十分轻松欢快，竟然误解了，还把谈话记录下来，更是一误再误，只因我认为这种爱应受到谴责，而受到谴责心情必然沉重，但当时我的心情并不沉重，也就不相信是爱情了。

我不仅如实记录了这些谈话，还如实转达了当时的心态。老实说，直到昨天夜晚重读这些谈话时，我才恍然大悟……

雅克去旅行，要到假期快结束时才能回来。临行前，我让热特律德同他谈谈话，而他却有意回避热特律德，或者只想当着我的面同她说话。他走后不久，我们又恢复了极为平静的生活。按照商量好的办法，热特律德搬到路易丝小姐那里住了。我每天去看她，但是害怕重提那种爱情，我就有意不再同她谈论会使我们激动的事儿。我完全以牧师的身份同她讲话了，而且尽量当着路易丝的面，主要指导她的宗教教育，让她准备好，在复活节那天初领圣体。

复活节那天，我也授了圣体。

那是半个月前的事儿了。雅克有一周假，回家来过了，但令我吃惊的是，他没有陪我待在圣餐桌上。我还十分遗憾地指出,阿梅莉也没有去,这种情况还是我们结婚以来头一回。他们母子二人似乎串通好,故意不参加这次隆重的礼拜,给我的欢快投下阴影。我感到庆幸的是,这一切热特律德看不到,因此唯独我一人承受这阴影的压力。我十分了解阿梅莉,自然看得出她的行为中间谴责的全部意图。她从不公然驳斥我,但喜欢用回避的方式表示反对。

我深深感到不安,这种怨恨——我是说如同我不愿意看到的那样——可能拖累阿梅莉的灵魂,乃至偏离最高的利益。回到家里,我衷心为她祈祷。

雅克没有参加礼拜则另有原因,事后不久我同他谈了一次话便清楚了。

5月3日

我要指导热特律德修习宗教,便以新的眼光重读了《福音书》,越看越发现构成基督教信仰的许多概念,并不是基督的原话,而是圣保罗的诠释。

这正是我最近同雅克争论的话题。他生来性情偏于冷淡,那颗心就不能向思想供应充分的养料,也就变成因循守旧的教条主义者。他指责我断章取义,拿基督教教义"为我所用"。其实,我并没有选取基督的这句话或那句话,只是在基督和圣保罗之间,我选择了基督。他担心把基督和圣保罗对立起来,不肯拆开两者,无视从一个到另一个给人的启示明显不同，还反对我的说法：我听一个是人语，听另一个则是上帝的声音。越听他推理我越确信这一点：他丝毫也感觉不到基督每句简单的话所独有的神韵。

我遍读《福音书》，也没有找到戒律、威胁、禁令……这些都出自圣保罗之口，在基督的话中却找不到，正是这一点令雅克难堪。像他这类心性的人，一旦感到失去依靠、扶手和凭栏，就不知所措了。他们也难以容忍别人享有他们放弃的自由，总想强夺别人出于爱心要给予他们的东西。

"可是，爸爸，"他说，"我也希望别人灵魂幸福。"

"不对，我的朋友，你是希望那些灵魂屈服。"

"在屈服中才有幸福。"

我不愿意吹毛求疵，也就没有反驳，但是我完全清楚，寻求幸福而不从幸福入手，只从其结果求之，肯定是南辕北辙。我也清楚，如果真的认为充满爱的灵魂能情愿在驯服中自得其乐，那么再也没有比无爱的驯服更远离幸福的了。

不过，雅克还颇为善辩，我在这年少的头脑里若不是发现这么多僵死的教条，那么无疑会大大赞赏他推理的力度和逻辑的严谨。我经常觉得我比他年轻，而且一天比一天年轻，我反复背诵这句话："你们若是不能变得和孩童一样，就休想进入天国。"

主要把《福音书》当作"通往幸福生活的途径"，难道就是背叛基督，难道就是贬低和亵渎《福音书》吗？基督徒本应处于快乐的状态，可是却受到怀疑和冷酷的心的阻碍。每个人多多少少都可以快乐。每个人也应当追求快乐。在这个问题上，热特律德微微一笑教给我的，胜过我给她上的课程。

基督的这句话字字放光，呈现在我面前：“你们若是盲人，就没有罪了。”罪过，就是遮蔽灵魂的东西，就是阻碍快乐的东西。热特律德浑身焕发的完美幸福，就是因为她不知何为罪过。她身上只有光明和爱。

我将《四福音书》《圣诗》《启示录》和《约翰三书》，放到她那警觉的手上，她从中能读到：“上帝就是光，上帝身上绝无黑暗”，正如她在心中那部《福音》中，已经听见救世主说：“我就是世界的光，跟随我就不会走在黑暗里。”保罗的书信就不给她了，因为，她既然失明，也就没有罪了，又何必给她读这样的话：“叫罪因着诫命更显出是恶极了”（《罗马书》第七章第十三节），以及随后再怎么出色的论证，从而让她心神不宁呢？

5月8日

昨天，马尔丹从拉绍德封来了。他用验光镜仔细检查了热特律德的双眼。他对我说，他同洛桑的眼科专家鲁大夫谈过热特律德的情况，还要把这次检查的结果告诉鲁大夫。两位医生一致认为，热特律德的眼睛可以动手术。不过我们商量好，没有更大的把握，对她本人绝口不提。马尔丹去同鲁大夫做出诊断再来通知我。这种希望可能转瞬即逝，那又何必让热特律德空欢喜呢？——何况，她现在这样不是很幸福吗？……

5 月 10 日

复活节那天，雅克和热特律德在我面前又见面了——至少是雅克又见到热特律德，同她说了话，也只讲些无足轻重的事儿。他并不像我担心的那样激动，我也再次确信，尽管去年临行前，热特律德明确对他说过这种爱没有希望，他的爱若真是特别炽热，就不会这么容易压下去了。我还注意到，现在他对热特律德称呼“您”了，这样当然很好。我并没有要求他这样做，见他自己就明白了这一点，我自然很高兴。无可否认，他身上有不少优点。

然而，我还有疑虑，雅克不会没有经过思想斗争，就这样顺从了。糟糕的是，他强加给自己心灵的约束，现在他认为可取，就会希望强加到所有人头上。最近同他讨论，我就感觉到这个问题，并在前面记述下来。拉罗什富科不是说过“思想往往受感情欺骗”吗？自不待言，我了解雅克的脾气，知道他越辩论越固执，就没敢立即向他指出拉罗什富科的话。不过，我碰巧在圣保罗的书中（我只能用他的武器同他较量）找到了反驳他的话，当天晚上，我在他房间留了一张字条，上面写道：“不吃东西的人不要评论吃的人，因为上帝已经接待了吃的人。”（《罗马书》第十四章第三节）

我本可以再抄上后面这句话:“我从主耶稣那里知道并深信,没有什么东西本身是不洁的,只是对认为它不洁的人,一件东西才是不洁的。”但是我未敢抄上去,唯恐雅克头脑里掠过妄测之念,推想我对热特律德存心不良。显然这里讲的是食物,不过,《圣经》中许多段落不是可做出两三种解释吗?(例如:“你的眼睛若是……”,面饼倍增的奇迹,迦南婚宴上的奇迹,等等。)这里不是钻牛角尖,这句话的确含义深远:规定约束的不应是法律,而应是爱德,因此,圣保罗又赶紧强调:“然而,你兄弟如因食物而伤心,那么你就没有遵循爱德。”只因缺少爱德,魔鬼才袭击我们。主啊!从我心中排除不属于爱的一切思想吧……我真不该向雅克挑战。次日,我在我的书案上发现我的那张字条,只见雅克在背后抄了同一章的另一句:“不要用你的食物葬送基督为之舍命的那个人。”(《罗马书》第十四章第十五节)

这一章我又从头至尾看了一遍。这是一场无休无止的争论的开端。然而,我怎么能用这种种困惑扰乱,用这重重乌云遮蔽热特律德的明媚天空呢?我教导她,并让她相信,唯一的罪恶,就是侵害别人的幸福,或者损害我们自己的幸福。

唉!有些人就是拒幸福于门外,他们无能、蠢笨……我想到我可怜的阿梅莉。我不断恳求劝说她,想把她硬拖上幸福之路。不错,我想把每个人都举到上帝那里。可是她总是躲躲闪闪,自我封闭,就像有些花朵见不得一点儿阳光。她见到什么都不安，都伤心。

“有什么办法呢，朋友，”有一天她答道，“我生来没有瞎眼的命啊。”

噢！她的嘲讽多令我痛苦啊，要有多大涵养，我才不至于乱了方寸！然而，我觉得她应当明白，这样含沙射影触及热特律德的残疾，会给我造成特别的伤害。而且，她还让我感觉到，我对热特律德的特别赞赏，无非是那种无止境的宽厚：我从未听她讲过半句怨恨别人的话。我不让她知道任何可能伤害她的事儿。

幸福的人以爱的辐射，向周围撒播幸福，而阿梅莉的周围，则是一片黝黯和沮丧。阿米埃尔大约这样写道：他的灵魂射出黑光。他访贫问苦，看望病人，奔波一天之后，天黑回到家中，有时疲惫不堪，内心多么渴望得到休息、关爱的热情，可是到家里听见的，往往是愁苦、非难和争执，相比之下，宁愿到外面去受那寒风冷雨。我们家的老用人罗莎莉一向固执己见，而阿梅莉又总想逼她退让，我知道老女佣不见得全错，女主人也不见得全对。我也知道夏洛特和加斯帕尔顽皮得要命，然而，如果阿梅莉不总那么喊叫，声音压低一点儿，难道效果就差了吗？叮嘱、警告、训斥简直太多了，就跟海滩上的卵石一样失去棱角，孩子们不怎么在乎，倒吵得我难以安生。我还知道，小儿子克洛德正出牙（他每次哭闹，至少他母亲总这么讲），他一哭起来，母亲或萨拉就赶紧跑过去，不停地哄他，这不等于鼓励他哭闹吗？我确信等什么时候趁我不在家让他哭个够,弄几次他就不会总那么哭了。可是我知道,她们准会急忙跑过去。

萨拉酷似她母亲,因此,我很想把她送进寄宿学校。因为,我在萨拉身上只发现世俗的兴趣。她效仿母亲,只关心庸庸琐事,脸上没有什么表情,仿佛僵化了,显露不出一点儿心灵的火焰。对诗歌毫无兴趣,连书也不看。什么时候撞见她们母女谈话,我也没有听到我希望参与讨论的话题。我在她们身边,只能更痛苦地感到我是多么孤独,还不如回我的书房,我也逐渐养成了这种习惯。

同样,从去年秋天起,我趁天黑得早,又养成另一种习惯——每次巡视回来,只要有可能,也就是说回来得比较早,我就去路易丝·德·拉·M家喝茶。有一点我还没有交代,去年十一月,经马尔丹介绍,路易丝·德·拉·M和热特律德收留了三个盲女。热特律德成了老师,教她们识字和做各种小活儿。几个女孩已经做得相当熟练了。

每次回到名为"谷仓"的那栋房子的温馨氛围中,我感到多大的安慰啊!假如一连两三天没有去,我又觉得是多大的损失啊!不用说,德·拉·M小姐有能力收养热特律德和那三个女孩,不必为她们的生活操心发愁,有三名忠心耿耿的女用人当帮手,繁重的活儿全替她干了。路易丝·德·拉·M一贯照顾穷人,她那颗心灵十分笃信宗教,仿佛整个身心要献给人世,活在世上只为了爱。她那镂花软帽下头发已经斑白,但那笑容却无比天真,那举止无比和谐,那声音无比优美。热特律德学会了她的言谈举止、话语声调，不仅声音，而且思想，整个人儿都相像，我时常同两个人开玩笑，但是她俩谁也没有觉察这种现象。我若是有时间在她们身边多待一会儿，该有多好啊！看她们坐在一起，热特律德有时额头偎着这位朋友的肩膀，有时把手放在她手里，听我朗诵拉马丁或雨果的诗篇，而我同时观赏诗句在她们清澈的心灵里激起的涟漪！就连那三个女孩对诗也不是无动于衷。她们在这种恬静和爱的气氛中，成长得异常快，有了长足的进步。路易丝说起为了健康和娱乐，要教她们跳舞，我乍一听还置之一笑，而现在我多么赞赏她们富有节奏的优美动作，只可惜她们自己无法欣赏！然而，路易丝小姐却让我相信，她们瞧不见动作，但是能感受到肌肉活动的和谐。热特律德也加入跳舞的行列，她舞姿优美，喜气洋洋，显得开心极了。有时，路易丝·德·拉·M跟孩子一起嬉戏，热特律德则坐下弹琴。她在音乐上的进步惊人，现在每逢星期日就去教堂弹琴，她还能即兴弹几段短曲，作为圣歌的前奏。

每个星期天，她就来我家吃午饭。我的孩子在情趣方面，尽管同她相差越来越大，还是很高兴同她见面。阿梅莉也没有怎么表露不耐烦的样子，一餐饭下来没有发生什么抵触。饭后，全家人陪同热特律德回“谷仓”，晚半晌儿就在那里吃点心。孩子们就像过节似的，受到路易丝的盛情款待，甜食点心管够吃。如此盛情，阿梅莉也不能无动于衷，她终于舒展眉头，焕发了青春生气。我想从今以后，她在枯燥乏味的生活中，恐怕难以离开这种暂歇了。

5月18日

晴朗明媚的日子又来了，我又能和热特律德一道出去，这种机会不久之前才有可能（因为前一阵又下了大雪，几天前道路还难以通行），而且很久以来，我们也没有单独在一起了。

我们脚步挺快。冷风吹红了她的面颊，不断把她的缕缕金发吹到脸上。我们沿着泥炭沼的边缘走去，我顺手折了几根开花的灯芯草，插进她的软帽下，和她头发一起编成辫子，就不会吹落下来了。我们好久没有单独在一起了，一时不免惊诧。路上几乎没有怎么说话。热特律德没有视觉的脸转向我，突然问道：

"您认为，雅克还爱我吗？"

"他早已决定不同你交往了。"我当即回答。

"不过，您认为他知道您爱我吗？"她又问道。

去年那次谈话，在前面记述了，事过六个多月（想想真吃惊），我们之间只字未提爱情。我说过，我们一直没有单独见面，这样也许更好……我听了热特律德的问话，心怦怦狂跳起来，不得不放慢脚步。

"可是，热特律德，谁都知道我爱你呀！"我高声说道。

她才不上这个当，说道：

“不，不是，您没有回答我的问题。”

她低下头沉默了片刻，又说道：

“阿梅莉阿姨知道这事儿，我也知道这事让她伤心。”

“没有这事儿，她也要伤心。”我分辩道，但声调却不大坚定，“她生来就是愁苦的性情。”

“唔！您总想宽慰我的心。”她颇不耐烦地说道，“可是，我用不着人来宽慰。我知道，有许多事情您不告诉我，怕引起我不安，或者使我难过。许多事儿我不知道，结果有时候……”

她声音越来越低，终于停止，仿佛没了气力。我接过她未说完的话，问道：

“有时候怎么的？……”

“结果有时候，”她忧伤地又说道，“我觉得您给我的全部幸福，是建立在无知上面。”

“可是，热特律德……”

“别打断，让我说下去，这样的幸福我不要。您要明白，我并不……我并不是非要幸福不可。我宁愿了解真相。有许多事情，当然是伤心事，我看不见，但是您没有权利向我隐瞒。冬季这几个月，我考虑了很久。喏，我担心整个世界并不像您对我说的那么美好，牧师，我甚至担心差远了。”

“不错，人往往把世间丑化了。”我心慌意乱。如果她的思想这样奔泻，我着实害怕，想扭转又难以得手。她似乎就等着我这样说,立刻抓住话头,就像抓住了链条的主要环节。

“好啊,”她高声说道,“我正想弄清楚,我是否又增添了罪恶。”

我们继续快步朝前走,好一阵工夫谁也没有说话。我感到我本来可以对她讲的,不待出口就撞上她的想法,唯恐一言不慎激出什么话语,殃及我们二人的命运。我又想起马尔丹对我说过,经过治疗她可能恢复视力,心里就感到极度的恐慌。

“我早就想问您,”她终于又说道,“可是又不知道该怎么说……”

无疑,她问要鼓起全部勇气,我听也要鼓起全部勇气。然而,我怎么能预见她苦苦想的问题呢?

“盲人生的孩子,也一定是盲人吗?”

这场对话,不知道是她还是我感到压力更大,但事已至此,我们总得谈下去。

“不,热特律德,”我回答,“那是极特殊的情况。盲人生的孩子,完全没理由就是盲人。”

她似乎完全放下心来。我本想反过来问她为什么要问我这事儿,但又没这个勇气,便笨拙地补充一句:

“可是,热特律德,要先结婚才能生孩子呀。”

“别对我讲这种话,牧师。我知道这不是事实。”

“我按照情理对你这样讲。”我分辩道,“不过,人类法律和上帝法律禁止的,事实上自然法律却允许。”

“您可常对我讲,上帝的法则就是爱的法则。”

“这里所说的爱,已不是一般人所讲的,而是慈爱。”

“这么说,您爱我是慈爱啦?”

“你完全清楚,不是吗,我的热特律德?”

“那么您就承认,我们的爱脱离上帝的法则啦?”

“你这是什么意思呀?”

“嗳!您完全清楚,用不着我讲。”

我想拐弯抹角也是徒然,我的论证溃不成军,整颗心败退下来。我气急败坏,还是高声说:

“热特律德……你认为你的爱有罪吗?”

她立刻纠正:

“是我们的爱……我想我应当这样看。”

“怎么样呢?”

我忽然发觉,我的声调有哀求的意味,而她却一口气把话说完:

“然而我又不能割舍对您的爱。”

这是昨天发生的事情。起初我颇为犹豫,要不要记述下来……我想不起这次散步是如何结束的,只记得我紧紧挽住她的胳臂,我们脚步匆忙,仿佛是在逃跑。我的灵魂已经出窍,路上哪怕踩到一个小石子,我觉得我们也会跌倒在地。

5月19日

今天上午,马尔丹又来了。热特律德可以动手术。鲁大夫肯定了这一点，并要求把她交给他一段时间。我固然不能反对这种安排，但是卑怯地要求容我考虑一下，容我慢慢让她有个思想准备……我的心本应高兴得跳起来，却感到沉重，有一种无名的惶恐。一想到要通知热特律德有望恢复视力，我顿时就泄气了。

5月19日夜

我又见到了热特律德，却只字未提这事儿。今天晚上，我趁“谷仓”客厅无人，便上楼溜进她的房间。屋里只有我们二人。

我长时间紧紧搂着她。她没有一点儿抵制的动作，后来她朝我抬起头，我们的嘴唇相遇了……

5月21日

主啊，难道是为了我们，难道是为了我，您才创造出如此幽深、如此美妙的黑夜吗？空气温煦，月光照进敞开的窗户，我倾听苍穹无边的寂静。我这颗心在无言的神往中，融入了天地万物，隐隐萌生了崇敬，连祈祷也语无伦次了。爱若是受局限，那么这种限制也缘于世人，而不是来自您，我的上帝。我的爱，在世人眼里无论显得多么有罪，请告诉我哟，在您看来是神圣的。

我力图超越罪孽的概念,但总觉罪孽是不可容忍的,我绝不愿意抛弃基督。不,我不接受爱热特律德有罪。我要想从内心拔掉这种爱,就只能把我这颗心也拔出来,何以如此呢?哪怕我不爱她了,我也得出于怜悯而爱她。不再爱她,就是背情弃义:她需要我的爱……

主啊,我不明白了……只理解您了。指引我吧。有时我就觉得,我在黑暗愈陷愈深,要给她恢复的视力,正是从我身上剥夺去的。

热特律德昨天住进洛桑医院,大约二十天才能出院。我怀着极度的惶恐等她归来。马尔丹要送她回来。热特律德要我答应住院期间不去看她。

5月22日

马尔丹来信说:手术成功。感谢上帝!

5月24日

迄今为止,她看不见我而一直爱我,可是,想想她要看见我了,这个念头令我坐立不安,简直难以忍受。她会认出我来吗?有生以来,我头一回对着镜子惴惴不安地询问。假如我感觉出她的眼睛不如她的心那么宽容,那么深情,我该怎么办呢?主啊,有时候觉得,为了爱您,我需要她的爱。

5 月 27 日

我又增加了工作量,这几天过得还不算十分焦急难耐。每件事都值得庆幸,让我无暇自顾;可是她的形象却无所阻隔,从早到晚追随我。

热特律德应当明天回来。这一周,阿梅莉只向我表现她性情最好的方面,似乎有意让我忘掉去住院的姑娘,并和孩子一道准备庆贺她出院归来。

5 月 28 日

加斯帕尔和夏洛特去树林和牧场,采来所能寻到的野花。老女佣罗莎莉做了一个特大号的蛋糕,萨拉则别出心裁用金箔来装饰。我们等她中午回来。

为了消磨等待的这段时间,我就坐下来写点儿日记。现在十一点钟了,我不时地抬头张望大路,看看有没有马尔丹马车的影子。我控制住自己,没有前去迎候,这样好些,要照顾阿梅莉的面子,不能单独去迎接。我的心却冲出去了……啊!他们到啦!

5 月 28 日晚

我陷入不堪设想的黑夜!可怜可怜吧,主啊,可怜可怜吧！我情愿割舍对她的爱，主啊，千万别让她死去！

我这样担心完全有理由！她干了些什么？她到底要干什么呀？阿梅莉和萨拉回来告诉我，她们一直送她到“谷仓”门口，德·拉·M在那里等候。可是，她还要出门……到底出了什么事？

我想理一理自己的思绪。别人向我讲的情况不可理解，或者相互矛盾。我的头脑乱成一团麻……德·拉·M小姐的园丁把她救回“谷仓”，她已不省人事。园丁说他望见她沿着河边走，接着过花园桥，接着俯下身，接着就不见人影了。不过，起初他还没有反应过来，没想到她会掉进河里，也就没有跑过去。她被水流冲到小闸门附近，才被园丁捞起来。出事不久我去看她时，她还没有苏醒过来，至少是又昏迷过去了，因为事后立即抢救，她还是醒来一会儿。谢天谢地，马尔丹还没有离开，他也不明白她何以这样麻木呆滞，问她什么也不回答，就好像她一点儿也听不见，或者决意不开口。她的呼吸还非常急促，马尔丹怕她肺充血，给她涂了芥子膏，用了拔火罐，并答应明天再来。事情糟就糟在开头只顾抢救，没有及时把湿衣服换下来，冰冷河水浸透的衣服在她身上裹得太久。唯独德·拉·M小姐能从她口中问出几句话，认为她是要摘河岸这边盛开的勿忘我花，还不大会估计距离，或者把漂浮的一层花当作实地，就突然失足落水了……我若能相信这话就好了，确信这纯粹是个意外事件，我这颗心就会卸下沉重的负担！吃饭的时候还那么欢快，只是她脸上总挂着笑容的样子有点怪，令我隐隐不安。那是一种勉颜的笑，我从未见过，就竭力认为是她恢复视力的笑。那笑意宛如泪珠，从眼中流到脸上，相比之下，别人的俗笑我就看不上眼了。她没有加入大家的嬉笑！看样子她发现了什么秘密，假如单独和我在一起，她就会告诉我了。她几乎不讲话，但这不足为奇，周围如有别人，而且吵吵闹闹，她往往一声不吭。

主啊，我恳求您，请允许我同她谈谈吧。我需要了解情况，否则，往后叫我怎么活呢？……然而，她若真的要寻短见，是不是恰恰因为知道了呢？知道了什么呢？亲爱的朋友，您究竟了解到什么可怕的事情？我又向您隐瞒了什么要命的事情，而您猛然看到了呢？

我在她床前守了两小时，目不转睛地注视她那额头、那惨白的面颊、那紧闭的秀目——仿佛避而不视一种无名的忧伤——注视她那像海藻一般散落在枕头上的湿发，同时倾听她那不均匀而困难的呼吸。

5月29日

今天上午，我正要去“谷仓”，忽见路易丝小姐打发人来叫我。热特律德这一夜过得比较安稳，终于脱离了呆滞的状态。她见我进屋，还冲我笑了，示意要我坐到床前。我还不敢盘问她，而她也肯定怕我发问，就抢先说话，似乎要防止流露真情。

“您管那种小蓝花叫什么来着？是天蓝色的花，我在河边想采摘。您比我灵活，能替我采一束来吗？采来就摆在我床前……”

她说话的轻快声调不免做作，令我难受，无疑她也感觉到了，便转而严肃地补充道：

“今天上午我太乏了，不能同您说话。您去替我采那种花，好吗？过一会儿您再来吧。”

然而，一小时之后，我给她采来一束勿忘我花，不料路易丝小姐却对我说，热特律德又休息了，天黑之前不能见我。

今天晚上，我又见到她了。床上摞起靠垫，她靠在上面，几乎坐起来了。新梳的发辫盘在头上，插着我给她采的勿忘我花。

她肯定发烧了，看来喘气很急促，她的手滚烫，握住我伸过去的手。我就伫立在她身边。

“牧师，我得向您坦白一件事，因为，今天夜晚，我怕是活不过去了。今天上午，我对您说了谎话……其实并不是要采花……如果现在我向您承认我要自杀，您会原谅我吗？”

我握住她那纤弱的手，跪到她床前。她抽出手，抚摩我的额头。我把脸埋进衾单，以便掩饰我的眼泪，捂住我的啜泣。

“您是不是觉得，这样很不好呢？”她柔声地问道。她见我不回答，便又说道：

“我的朋友，我的朋友，您瞧见了，我在您的心里和生活中，占的位置太大了。我一回到您的身边，就立刻明白了这一点，至少可以说，我占据了另一个女人的位置，而她正为此伤心呢。我的罪过，就是没有及早觉察出来，至少可以说，我虽然心里明白，还是任由您爱我。可是，我突然看见她那张脸，看见那张可怜的脸上充满悲伤，而想到那悲伤是我造成的，也就不忍心了……不，不，您丝毫也不要责备自己，还是让我走吧，把欢乐还给她吧。”

她的手不再抚摩我的额头了，我抓过来连连亲吻，洒上眼泪。然而，她却把手抽回去，又开始焦灼不安了。

“这不是我本来要说的话，不是我要说的话。”她重复道，只见她前额沁出汗珠。接着，她垂下眼睑，闭目待了一会儿，好像要收拢心思，或者要恢复当初瞎眼的状态。继而，她睁开眼睛，同时又开口讲话，起初声调迟缓而凄然，继而提高嗓门儿，越说越激动，最后疾言厉声了：

“您让我恢复了视觉，我睁开眼睛，看见一个比我梦想还美的世界。千真万确，我没有想到阳光这样明亮，空气这样清澈，天空这样辽阔。不过，我也没有想到人的额头这样瘦骨嶙峋。我一走进你们家，您知道最先看到什么吗……噢！我总得告诉您，我最先看到的，就是我们的过错，我们的罪孽。嗳，不要申辩了。您想一想基督的话：‘你们若是盲人，就没有罪了。’可是，现在我看得见了……请起来吧，牧师，您在我身边坐下，听我说，不要打断我的话。我在住院期间，阅读了，确切地说，请人给我念了《圣经》中您从未给我念过、我还不知道的段落。记得圣保罗有一句话，我反复背诵了一整天：‘从前没有法律，我就那么活着；后来有了戒律，罪孽便复活，我却死了。’”

她激动极了，说话声音特别高，最后几乎是喊出来的，弄得我很尴尬，真怕外边人听见。随后，她又闭上眼睛，仿佛自言自语：

“‘罪孽便复活，我却死了。’”

我不寒而栗，一阵恐惧，心都凉了。我想转移她的思想，便问道：“是谁念给你听的？”

“是雅克。”她回答，同时睁开眼睛凝视我，“他改宗了，您知道吧？”

这太过分了，我正要恳求她住口，可是她已经讲下去了：

“我的朋友，我的话要让您非常难过；可是你我之间，不能再容一点儿谎言了。我一看见雅克，就恍然大悟，我爱的不是您，而是他。他跟您的面孔一模一样，我是说像您在我想象中的面容……噢！为什么您叫我拒绝他了呢？我本来可以嫁给他……”

“哼，热特律德，现在也成啊！”我气急败坏地嚷道。

“他成为天主教神职人员了。”她冲动地说道。接着，她开始啜泣，身子也随之颤动。

“噢！我真想向他忏悔……”她神志恍惚地哀叹道，“您瞧见了，我只有一死。我渴了，求求您，叫个人来。我胸口憋闷。您走吧。唉！原指望同您这样谈谈，我的心情会轻松些。离开我吧。我们分手吧。看到您在面前，我再也忍受不了啦。”

于是我离开，叫路易丝小姐替换我守护她。热特律德极度狂躁，令我十分担心，但是我又不得不承认，我在那里，反而会使她的病情恶化。我请求路易丝小姐，一旦情况不妙，赶紧派人通知我一声。

5 月 30 日

唉！再见面时，她已经安眠了。她处于谵妄状态，折腾了一夜，天亮时咽气了。遵照热特律德的临终要求，路易丝小姐给雅克发了电报。她去世几小时之后，雅克才赶到。他声色俱厉地指责我，没有及时请来一位神父。可是，我不知道热特律德在洛桑住院期间，显然受他怂恿改信了天主教，怎么会想到请神父呢。他当即向我宣布，他和热特律德都改宗了。这两个人，就是这样一同离开了我，仿佛生前被我拆散，就策划好逃离我，双双到上帝那里去结合。不过我确信，雅克改宗的动因，推理成分要多于爱情成分。

“爸爸，”他对我说，“我指责您也不合适，不过，恰恰是您的前车之鉴，给我指明了道路。”

雅克离开之后，我投在阿梅莉的脚下，求她为我祈祷，只因我的确需要帮助。她仅仅背诵了《天主经》,但每背诵一节就长时间停顿,我们默默地哀祷。我多想痛哭一场,然而我觉得,这颗心比沙漠还要干燥。

帕吕德

于贝尔

星期二

将近五点钟，天气凉下来。我关上窗户，又开始写作。

六点钟，我的挚友于贝尔进屋，他是从跑马场来的。

他问道："咦！你在工作？"

我答道："我在写《帕吕德》。"

"《帕吕德》是什么？"

"一本书。"

"写给我的？"

"不是。"

"太深奥？……"

"很无聊。"

"那你写它干什么？"

"我不写谁会写呢？"

“又是忏悔?”

“几乎算不上。”

“那是什么呀?”

“坐下说吧。”

等他坐下来,我便说道:

“我在维吉尔作品中看到两句诗:

Et tibi magna satis quamvis lapis omnia nudus;

Limosoque palus obducat pascua junco.

“我这样翻译:‘这是一个牧人对另一个牧人讲的话;他对那人说,他的田地固然处处是石块和沼泽,但是对他来说相当好了,他很高兴这就知足了。’——一个人不能置换田地的时候,这样想就最明智了,你说呢?”

于贝尔什么也没有说。

我接着说道:“《帕吕德》主要是讲一个不能旅行的人的故事……在维吉尔的作品中,他叫蒂提尔;《帕吕德》这个故事,讲的是一个人拥有蒂提尔的那片土地,非但不设法脱离,反而安之若素,就是这样……我来叙述:头一天,他看到自己挺满意,想一想该干点什么呢?第二天,他望见一条帆船驶过,早晨打了四只海番鸭或者野鸭,傍晚点着不旺的荆柴火,煮了两只吃掉。第三天,他找点营生干,用高大的芦苇盖了一间茅屋。第四天,他吃了剩下的两只海番鸭。第五天,他拆掉茅屋,巧思构想一间更为精致的房子。第六天……”

“够了!”于贝尔说道,“我明白了,亲爱的朋友,这书你可以写。”说罢便走了。

户外夜色弥漫。我整理一下书稿,没有吃晚饭就出去走走;约莫八点钟,我来到安棋尔的家中。

安棋尔刚吃完几个水果,还没有离开餐桌。我到她的身旁坐下,动手替她剥个橙子。有人送来果酱,等到又剩下我们两个人,安棋尔拿起一片面包,一边替我抹果酱黄油,一边问道:

“您今天做什么啦?”

我想不起做了什么事,便回答:“什么也没做。”这样回答未免冒失,怕人家心理上承受不了,随即又想于贝尔的来访,便高声说道:

“我的挚友于贝尔六点钟来看过我。”

“他刚离开这儿。”安棋尔接口说道。继而,她又借题发挥,挑起老争论:“他呢,至少还干点事儿,总不闲着。”

我却说了自己什么也没有做,心里实在恼火,便问道:

“什么?他干了什么事儿?”

“一大堆事儿……”她说道,“首先,他骑马……其次,您也完全清楚:他参与经营四家企业,还同他的内弟领导另一家防雹灾的保险公司……我刚刚在那家公司上了保险。他去上普及生物学的课,每星期二主持读书会。他还颇通医道,在发生事故时能紧急救护……于贝尔做了不少好事:五个贫困之家靠他的帮助得以生存;他将没有活儿干的工人安置到需要工人的老板那儿。他将病弱的儿童送到乡下疗养院。他创建了一个工场,用盲人青少年给椅垫换麦秸。最后还有,每星期日他去打猎。您呢!您做什么呢?"

"我吗!"我有几分尴尬地回答,"我在创作《帕吕德》。"

"《帕吕德》?那是什么呀?"她问道。

我们已经吃完饭,我等着到客厅再继续谈。

我们俩靠近炉火坐定之后,我才开始讲道:

"《帕吕德》讲的是一个单身汉住在沼泽地中间塔楼上的故事。"

"啊!"她惊叹一声。

"他叫蒂提尔。"

"一个粗俗的名字。"

"哪里,"我接着说道,"是维吉尔诗中的人物。再说,我不善于编造。"

"为什么是单身汉?"

"唔!……图省事呗。"

"就这些?"

"还有,我叙述一下他做什么。"

"他做什么啦?"

"他观望沼泽地……"

"您为什么写作?"她沉吟一下,又问道。

"我吗?……我也不知道……大概是为了做点儿什

么吧。”

“等以后您给我念念。”安棋尔说道。

“什么时候都可以。正巧我兜里带了四五页。”我当即掏出几页手稿，尽量以有气无力的声调给她念起来：

蒂提尔(或帕吕德)日记

我略微抬起头，就能从窗口望见一座花园，而我还没有仔细观赏过。花园右侧有一片落叶的树林；花园前方则展现一片平野；左侧是一个水塘，下文我还要谈到。

从前花园里栽植了蜀葵和耧斗菜，但我疏于管理，任由花木乱长；再加上与水塘毗邻，灯芯草和苔藓侵占了整个园子，荒草湮没了花径，只剩下从我的住房通向平野的主甬道还可以走人，有一天我散步时走过。傍晚时分，林中的野兽横穿这条道去水塘喝水；暮色苍茫中，我只能望见灰色的形影，由于很快夜色就四合了，我从未见过它们返回林中。

“换了我，肯定会害怕的，”安棋尔说道，“不过，接着念吧，写得很好。”

我费劲念稿，弄得很紧张，便对她说道：

“唔！差不多就这些，余下的还没有成文。”

“有笔记吧，”她高声说道，“念一念笔记呀！这是最有趣的。从笔记上更能看出作者的意图,比看后来写的要强。”

于是,我接着往下念——事先就感到失望,但也无可奈何,只能给这些句子增添一种未完成的表象:

“‘蒂提尔从塔楼窗口可以垂钓……’”

“再说一遍,这只是零散的笔记……”

“念您的吧!”

“‘沉闷地等待鱼上钩;鱼饵不足,鱼线太多(象征),因需要,他一条鱼也钓不上来。’”

“为什么这样?”

“为了象征的真实。”

“他若是钓上点儿什么来呢?”

“那就是另一种象征、另一种真实了。”

“根本谈不上真实,事情是您随意安排的。”

“我安排,是让事情比在现实中更真实。这太复杂了,现在不宜向您解释,但是一定要明白,事件必须符合事物的特性,这样才能创作出好小说来。我们所经历的事情,没有一件是为别人所设的。换了于贝尔在那儿垂钓,肯定会钓上大量的鱼来! 蒂提尔一条也钓不着,可以说这是心理上的一种真实。”

“就算这样吧,很好,念下去。”

岸边的苔藓一直延伸到水底。水面的映像模糊不清;水藻;鱼游过;在谈到鱼时,避免使用“不透明的惊愕体”的字眼。

“但愿如此！可是为什么记上这样一笔呢？”

“只因我的朋友埃尔莫仁已经这样称呼鲤鱼了。”

“我倒觉得这种说法并不高明。”

“不管它。我还继续念吗？”

“请念吧，您的笔记很有趣。”

拂晓，蒂提尔望见平野上升起白色圆锥体；盐场。他下塔楼去看人家干活。世间没有的景象；两片盐田之间堤埂极窄。盐盘白到了极点（象征）；这种景象只有雾天才能见到；盐工戴着墨镜，以防害雪盲。

蒂提尔抓一把盐放进兜里，又转身回塔楼了。

“就这些。”

“就这些？”

“我只写出这些。”

“我担心，您这个故事有点枯燥。”安棋尔说道。

冷场了好大一会儿，我又激动地高声说道：

“安棋尔呀，安棋尔，请问，您什么时候才能明白，是什么构成一本书的主题呢？生活使我产生的情绪，我要说的是这种情绪：烦闷、虚荣、单调，这对我倒无所谓，因为我在写《帕吕德》，不过，蒂提尔的情绪也没什么；我可以肯定地告诉您，安棋尔，我们每日所见，还要暗淡而乏味得多。”

“然而我可不觉得。”安棋尔说道。

“这是因为您没有过脑子。这恰恰是我这本书的主题。蒂提尔这样生活，也并不觉得不满意；他从观赏沼泽地中找到乐趣：沼泽地随着天气变化，也呈现不同的景象。况且，瞧瞧您自己嘛！瞧瞧您的经历！也不怎么丰富多彩呀！这间屋子您住了多久啦？小房客！小房客！也不单单您是这样！窗户对着街道，对着院子；往前一看便是墙壁，或是也望着您的一些人……再说，此刻难道我会让您对自己的衣裙感到羞愧吗？难道您真的相信我们早已懂得自爱吗？”

“九点钟了，”她说道，“今天晚上于贝尔朗读，对不起，我要去了。”

“他朗读什么？”我不禁问道。

“肯定不是《帕吕德》！”她起身走了。

我回到家中，打算将《帕吕德》的开头写成诗，并写出头一节四行诗：

> 我略微抬起头来，
> 在窗口就能望见，
> 年年不披红挂彩，
> 那片树林的边缘。

我度过这一天，便躺下睡觉了。

安棋尔

星期三

弄个记事本,写下一周我每天应当干什么,这才是聪明地支配自己的时间。自己决定行动,事先毫无顾忌地决定下来,就可以确信每天早晨不必看天气行事了。我从记事本中汲取责任感。我提前一周就写出来,以便有足够的时间置于脑后,为自己制造一些出乎意料的情况,这也是我的生活方式所不可或缺的。这样,我每天晚上睡觉时,面对的是一个未知的又已经由我安排好了的明天。

我的记事本分两部分:这边一页写上我将做什么,而在对面那页上;每天晚上我记下自己干了什么。然后做个比较,勾销已做的事,而没有做到的亏欠部分,就变为我本来应当做的事情了。我再写到十二月份上,这就促使我从精神上考虑了。这种办法是三天前开始的。因此,今天早晨,面对标示的计划，要在六点钟起床，我则写上“七点起床”，并在括号中加一句“负意外”。再往下看，本上有各种记录：

给古斯塔夫和莱翁写信。

奇怪没有收到朱尔的信。

去看贡特朗。

考虑理查德的个性。

担心于贝尔和安棋尔的关系。

争取时间去植物园，为写《帕吕德》研究眼子菜的变种。

晚间在安棋尔家度过。

接下来是这种想法（我事先为每天写下一种想法；正是这些想法决定我是忧伤还是快乐）：

“有些事情每天周而复始，只因没有更好的事情可做；这其中毫无进展；甚至连维持都谈不上……然而；人又不能什么也不干……这是时间的困兽在空间中的运动，或是海滩上的潮汐。”还记得我是经过一家带露天座的餐馆时，看见招待端盘子撤盘子，才产生这个念头。我在下面写道：“适用于《帕吕德》。”我准备考虑理查德的个性。关于我的几个好友的思考和偶发事件，我都集中收在小写字台里，每个人一个抽屉。我取出一叠来，又念道：

理查德

第一页

杰出的人,完全值得我敬重。

第二页

通过锲而不舍的努力,终于脱离父母死后他所陷入的穷苦境地。奶奶还活着,但是好几年来,她又返回童年的性情;他又孝顺又温柔,像常见的人们孝敬老人那样,给予奶奶无微不至的照顾。他出于好德之心,娶了一个比他还穷苦的女子,以其专一为妻子营造幸福。四个孩子。我是一个瘸腿小女孩的教父。

第三页

理查德当年对我父亲极为敬重,他是我最可靠的朋友。他虽然从未看过我写的任何作品,却敢说完全了解我;这就允许我写《帕吕德》了:我想蒂提尔时便联想到他;我真希望根本不认识他。安棋尔和他不相识;他俩相见彼此难以理解。

第四页

我不幸很受理查德的敬重,因此之故,我什么也不敢做了。一种敬重,只要不能停止珍视,就不容易摆脱。理查德时常激动地向我断言,我干不出坏事来;而我有时要决定行动,却被他这话拉住了。理查德高度评价我这种消极状态;将我推上美德之路的,是像他那样一些人,而将我维系在这条路上的,则是这种消极状态。他经常把接受称作美德,因为这是允许穷人所具有的。

第五页

理查德终日在办公室工作,晚上守在妻子身边,念念报纸,好有话题聊天。他问过我:"帕伊隆的新剧在法兰西剧院演出，您去看过吗？”他了解所有新到的东西。他知道我要去植物园，就问我：“您要去瞧瞧大猩猩吗？”理查德把我看作大孩子，这是我无法容忍的；我做什么他都不当回事，我要向他讲述一下《帕吕德》。

第六页

他妻子叫于絮珥。

我拿起第七页，写道：

“凡是于己无利的行业，都是可怕的，只能挣点儿钱的行业——挣得极少，必须不断地从头做起。简直停滞不前！临终时，他们一生干了什么呢？他们恪尽职守。我完全相信！他们的职守同他们一样渺小。”对我无所谓，因为我在写《帕吕德》，否则的话，我看自己也同他们不相上下了。我们的生存，的的确确应当有点儿变化。

仆人给我送来点心和信件，恰好有朱尔一封信，我还一直奇怪没有他的音信。出于健康考虑，我像每天早晨那样称了称体重；我给莱翁和古斯塔夫各写了几句话，这才边喝我每天的一碗牛奶（按照一些湖畔派诗人的做法），边思考道：“于贝尔半点也不理解《帕吕德》，他就是想不通，一个作者一旦不再为提供情况而写作，也就不会写出让人消遣的东西了。蒂提尔令他厌烦；他不明白不是社会状况的一种状态;他因为自己在忙碌,就自认为与这种状态无关;恐怕我解释得相当糟。一切都会如意的,他这样想,既然蒂提尔挺满意;然而,正是因为蒂提尔满意,我才要停止满意了。反之,还应当气愤。我要让蒂提尔安常处顺到可鄙的程度……”我正要考虑理查德的个性,忽听门铃响了,正是他本人递上名片之后进来了。我略微有点儿烦,只因不能很好考虑在场的人。

“啊!亲爱的朋友!”我边拥抱他,边高声说道,“这也太巧合啦!今天早晨,我正要想到您呢。”

“我来求您帮个忙,”他说道,“唔!也不算什么;不过,由于您也没有什么事干,我就想您可以帮我片刻。我需要一个推荐人,您得替我担保,我在路上向您解释吧。快点儿,十点钟我得赶到办公室。”

我就怕显得无所事事,于是答道:

“幸好还不到九点钟,我们还有时间;可是一完事我就得去植物园。”

“唔!唔!”他接口说道,“您去看新到的……”

“不,亲爱的理查德,”我装出很自然的样子截口说道,“我不去看大猩猩;为了创作《帕吕德》,我必须去那里研究小眼子菜的一些变种。”

我随即就怪理查德引出我这愚蠢的回答。他噤声了,怕我们无知妄谈。我心想:他本可以纵声大笑。但是他不敢。他这种怜悯之心叫我受不了。显而易见,他觉得我荒谬。他向我掩饰自己的感觉，以便阻止我向他表示类似的感觉。其实，我们产生这种感觉彼此都知道。我们双方的敬重也相互依存，不能轻举妄动；他不敢撤回对我的敬重，唯恐我对他的敬重也立时跌落了。他对我和蔼可亲的态度有几分俯就的意味……哼！管他呢，我要讲述《帕吕德》，于是，我轻声说道：

“您妻子好吗？”

理查德立即接过话头，独自讲起来：

“于絮珥？哦！我那可怜的朋友！现在她太累眼睛了——这也怪我——要我对您讲讲吗，亲爱的朋友？这情况我对任何人都不会讲的……但是，我了解您的友谊，肯定能守口如瓶。——事情的全部经过是这样。我的内弟爱德华急需一笔钱，必须弄到。于絮珥全知道了，是她弟妹让娜当天来找她谈的。这样一来，我的抽屉几乎都空了，为了付厨娘的工钱，就不得不取消阿尔贝的小提琴课。我很难过，这是他在漫长的康复期间的唯一消遣。我不知道厨娘怎么得知了风声，这个可怜的姑娘特别依恋我们；您很熟悉，她就是路易丝。她流着泪来找我们，说她宁愿不吃饭，也不能让阿尔贝伤心。我们只能接受，以免挫伤这个善良的姑娘。不过，我心中也暗暗决定，每天夜里等妻子以为我睡着之后，两点钟再起来，翻译英语文章，我知道哪儿能发表，借此凑足我们亏欠好心的路易丝的钱。

“头一个夜晚，一切顺利。于絮珥睡得很深沉。第二天夜里，我刚刚坐定，忽然看见谁来啦？……于絮珥！她也萌生了同样的念头：为了付给路易丝工钱，她要制作壁炉隔热扇，做好了知道去哪儿卖。您也知道，她有几分画水彩画的才能……做出的东西很可爱，我的朋友……我们两个都很激动，相互拥抱并流下眼泪。我怎么劝她去睡觉也是徒然。其实，她干一会儿就累了，但她绝不肯去休息，她恳求我，让她留在我身边干活，把这当作最大友谊的明证。我只好同意，可是，她的确累呀。我们每天夜晚这样做，也就是守夜时间长一些，只不过我们彼此不再隐瞒了，就认为没有必要先睡下不再起来干活了。”

“您讲的这件事真是感人极了。”我高声说道，但是心里却想：不行，恰恰相反，我永远也不能向他谈《帕吕德》。接着我又低声说道：“亲爱的理查德！要相信，我非常理解您的忧愁——您的确很不幸。”

“不，我的朋友，”他对我说，“不能说我不幸。我得到的东西极少，但是用这极少的东西，我就营造了我的幸福。我向您讲述我这件事，您以为是要引起您的同情吗？自己由爱和敬重围着，晚上又在于絮珥身边工作……这种种快乐，拿什么换取我也不肯……”

我们沉默半晌，我又问道：“孩子们怎么样？”

“可怜的孩子！”他说道，“正是他们叫我犯愁：他们需要的是户外的新鲜空气，是阳光下的游戏；而居室太狭窄，人在里面生活都变小了。我呢，倒无所谓，人老了，这种情况也就认了……然而,我的孩子不快活,为此我很痛苦。”

“不错,”我又说道,“您家是叫人觉得有点闭塞;可是,窗户开得太大,街上的各种气味全上来了……还好,有卢森堡公园……这甚至还是个主题,可以……”我马上又想道:“不,我绝不能对他谈《帕吕德》……”我心里这样一嘀咕,就换了一副陷入沉思的神态了。

过了一会儿,我正要询问祖母的情况,理查德却向我示意:我们已经到了。

“于贝尔已经在那儿了,”他说道,“对了,我还一点没有向您说明呢……我得找两个保人,算了,您会明白的……到时候看材料。”

“我想你们彼此认识。”在我同我挚友握手的时候,理查德补充一句。我的挚友已抢着问道:“喂!《帕吕德》进展如何?”我更加用力地握他的手,同时压低声音说道:“嘘!现在别问!等一会儿你跟我走,我们再谈好了。”

于贝尔和我签完了字,便辞别理查德,同路而行。他正巧要到植物园那边,去上一堂分娩实践课。

“哦,是这样,”我开口讲道,“你还记得海番鸭吧,我说过蒂提尔打了四只。根本没那事儿!——他打不了:禁止打猎。马上就会来个神父,他要对蒂提尔说:‘教会看到蒂提尔吃野鸭,会感到很悲伤,因为这是容易引人犯罪的猎物,人们避之犹恐不及;罪孽到处在等待我们,在拿不准的时候,宁可舍弃;我们应当喜爱苦行,教会了解不少绝妙的苦行之法,其功效十分可靠。——我会冒昧地劝导一位兄弟:请吃,请吃泥塘里面的蛆吧。'"

"神父前脚刚走,一名医生后脚又来了,他说道:'您要吃野鸭!您还不知道,这非常危险!这一带沼泽有恶性热病,要特别当心;应当让您的血液适应;以毒攻毒,蒂提尔!请吃泥塘里面的蛆虫(泥土中的蛆虫)——蛆虫体内聚积了沼泽的精华,而且,这种食物富有营养。'"

"哦,呸!"于贝尔说道。

"是不是?"我又说道,"这一切,虚假到了极点。你想得到,那不过是个猎场看守员!然而,最令人吃惊的,还是蒂提尔品尝了,几天之后就吃习惯了;再过一阵儿,他会觉得蛆虫美味可口。说说看!蒂提尔够可恶的吧?"

"他是个幸福的人。"于贝尔说道。

"那好,谈谈别的事吧。"我不耐烦了,高声说道。忽然想起于贝尔和安棋尔的关系应当引起我的不安,我就把他往这个话题上引:

"多单调啊!"我沉默一会儿,又开口说道,"没有一个重大事件!看来应当想法搅动一下我们的生活。不过,激情是发明不出来的!再说,我只认识安棋尔——她和我呢,我们从来没有以毅然决然的方式相爱:今天晚上我要对她讲的话,本来昨天晚上就可以对她讲了;一点进展也没有……"

我说一句话都等一等。他却保持沉默。于是,我只好机械地讲下去:

"我呢,倒无所谓,因为我在写《帕吕德》,可是,叫我难以容忍的是,她不理解这种状态……甚至正是这种情况使我产生写《帕吕德》的念头。"

于贝尔终于忍不住了:"如果她这样挺幸福,你干吗去搅扰她呢?"

"其实,她并不幸福啊,我亲爱的朋友。她自以为幸福,只因为她认识不到自己的状态。你完全清楚,平庸再加上盲目,那就更可悲了。"

"你要让她睁开眼睛,你不遗余力做的结果,不就是让她感到不幸吗?"

"那样就相当可观了,至少她不再感到满足——她要求索。"此时,我不能再进一步了解什么了,因为此刻于贝尔耸了耸肩,又不吭声了。

过了一会儿,他又说道:"原先我不知道你认识理查德。"

这话相当于一个问题。我本可以对他说,理查德就是蒂提尔,但是我认为于贝尔根本无权鄙视理查德,便简单应付一句:"他是个很可敬的人。"而我心中决定晚上再补偿,对安棋尔谈一谈。

"好了,再见,"于贝尔说道,他明白我们不会谈什么了。"我赶时间,你走得又不快。对了,今天晚上六点钟,我不能去看你了。"

"那再好不过,"我答道,"这就会给我们带来变化。"

他走了。我独自走进植物园,缓步朝栽植的草木走去。

我喜欢这地方，经常来；所有园丁都认识我，给我打开不对外的园地，都以为我是个搞科学的人，因为我坐到水池旁边。多亏终日监守，这些水池就不用管理了，无声的水流为之补养。池中任由杂草生长，浮游着许多昆虫。我就专心注视着游虫；甚至可以说，多少是这景象使我萌生了写《帕吕德》的念头：一种徒劳无益的观赏之感，我面对灰色的微生物的感慨。这天，我为蒂提尔写下这番话：

各种景观中，平展的大景观吸引我，景物单调的荒原，我本想远行到水塘密布的地方，但是我这里就被水塘环绕。

不要以为我悲伤，其实我连忧郁都谈不上。我是蒂提尔，孑然一身，我喜爱一种景色，就像喜爱排解不了我的思想的一本书。须知我的思想是悲伤的，也是严肃的，比起别人的思想来，甚而是沉闷的。我比什么都喜爱这种思想，正因为要带着它漫步，我才到处寻觅平野、没有笑容的水塘、荒原。我带着它信步游荡。

我的思想为什么是悲伤的呢？如果这给我造成很大苦恼，我就会更加经常琢磨这个问题了。如果不是您向我指出来，也许我还意识不到呢，因为，许多您根本不感兴趣的事物，它往往乐在其中。譬如，它就乐得重读这一行行文字；它的乐趣寄托在各种小营生上，这无须我赘述，说了您也弄不清楚……

轻风徐吹，颇有点暖意。水面上纤弱的水草被虫子压弯了；刚冒芽的小草间隔开石头的空地儿，稍许逃逸的一点水就润泽了根须。苔藓一直铺到池底，暗影愈显得幽深：青绿色的水藻挂着气泡，供幼虫呼吸。忽然，一只水龟虫游过。我不由得产生一种富有诗意的想法，从兜里掏一页空白纸，在上面写道：

蒂提尔微笑了。

这之后我饿了，于是改天再研究眼子菜，先去码头大街寻找皮埃尔对我说过的那家餐馆。我原想独自用餐，不料却遇见莱翁；他向我谈起埃德加。下午，我去拜访几位文学家。将近五点钟，下起一阵小雨。我回到家中，写下学校二十来个用词的定义，还为“胚盘”一词找到新修饰语，竟有八个之多。

到了傍晚，我有点疲倦，吃罢晚饭便去安棋尔家睡觉。我是说在她家里，而不是与她同眠：我同她一向只有无伤大雅的小小的调笑。

她一人在家。我进屋时，她正坐在一架新调的钢琴前，准确地弹奏莫扎特的一支奏鸣曲。时间已晚,听不见别种响动。她穿着一条小方格衣裙,多枝烛台的蜡烛全点着了。

“安棋尔,”我一进屋便说道,“我们应当设法改变一下生活！您又要问我今天干了什么吧?”

她无疑没怎么听明白我这话的尖酸,立刻就问道:

“怎么样,今天您做什么啦?”

于是,我也不由自主地回答:

“我见了我的挚友于贝尔。”

“他刚从这儿走的。”安棋尔接口说道。

“亲爱的安棋尔,难道您就不能一同接待我们吗?”我高声说道。

“恐怕他不怎么愿意吧,”她又说道,“您呢,如果一定要这样,那就星期五来我这儿吃晚饭,他也到场:您给我们朗诵诗……对了,明天晚上,我邀请您了吗?我要接待几位文学家,您也得来。我们九点钟聚会。”

“今天我就见了几位,”我答道,指的当然是文学家。“我喜欢他们平静的生活方式。他们总在工作,然而又怎么也打扰不了他们;您去看他们的时候,就觉得他们只是在为您而工作,也爱对您谈论。他们殷勤好客,显得和蔼可亲,并从音容笑貌上一样样从容地构建出来。我喜爱这些人,他们终日忙碌,而且能和我们一起忙碌。由于他们不做任何有价值的事情,别人占用他们的时间也不会感到内疚。哦！对了,我见到蒂提尔了。”

“那个独身男子?”

“对,不过,实际上他结了婚……是四个孩子的父亲。他叫理查德……不要对我说他刚离开这儿,您不认识他。”

安棋尔有点儿生气,对我说道:“您看怎么着,您的故事不真实!”

“为什么,不真实?就因为不是一个,而是六个人吗!我安排蒂提尔独自一人,是集中表现这种单调的生活,这是一种艺术手法;您总不能让我写他们六个人都垂钓吧?”

“我完全确信,他们在现实生活中,各有不同的事要干!”

“那些事,假如我一一描写出来,就会显得差异太大了。作品中叙述的各种事件之间,并不保留它们在生活中的价值。为了存真,就不得不重新安排。关键是我所指出的事件使我产生的情绪。”

“这种情绪如果是错的呢?”

“亲爱的朋友,情绪从来不会错的。您不是有时读过谬误始自判断吗?其实,何必叙述六遍呢?既然让我产生同样的感觉——恰恰相同,而六遍……您想知道在现实生活中,他们干什么吗?”

“谈谈吧,”安棋尔说道,“瞧您这样子,都恼火了。”

“根本没有,”我嚷道,“父亲要笔杆子;母亲操持家务;大儿子给别人家上课;二儿子上人家的课;大女儿是瘸子;小女儿太小,什么也不干。还有一个厨娘……主妇名叫于絮珥……要注意,他们所有人,每天都各自干完全相同的事情！！！”

“也许他们穷吧。”安棋尔说了一句。

“必然的！不过，您理解《帕吕德》吗？理查德，刚一结束学业，就丧失了父亲——那是个鳏夫。他只好谋生，他财产不多，又让一个哥哥给夺走了；可是谋生，干些微不足道的活儿，想想看嘛！只是赚钱的活儿！在办公室里，抄多少页的文件！而不是去旅行！他什么也没有见过，他的谈话变得十分乏味；他看报纸是为了能同人交谈——如果他有闲聊的工夫——他的时间全被占用。还不能说他去世之前，就不可能干任何别的事情了。他娶了一个比他还穷的女人，出于崇高的感情，并无爱情。妻子名叫于絮珥。——哦！我早就对您说过。他们将婚姻变成长时间的爱情学徒期，结果还真的很相爱，他们也是这么对我说的。他们非常爱自己的孩子，孩子也非常爱他们……也包括厨娘。星期日晚上，大家玩填格游戏……我差一点忘了老奶奶——她也跟着一起玩，但是她眼神儿不好，看不清子儿了，别人就悄悄说她不算数。啊！安棋尔！理查德！他谋生，什么招儿都用上了，以便堵窟窿，填满极深的亏空——都用上！他的家也一样。他生来就是独身，每天都同样穷凑合，都是所有最好东西的代用品。而现在呢，不要想得太糟。他品德极为高尚。况且，他也觉得幸福。”

“咦，怎么！您在哭泣？”安棋尔问道。

“不要介意……是神经质。安棋尔，亲爱的朋友，到头来,您不觉得我们的生活缺乏真正新奇的东西吗?"

"有什么办法?"她又轻声说道,"我们俩到近处旅行一次,您看好吗?"

"可是,您不会考虑——后天!"

"有何不可?我们赶早一道动身;明天晚上,您就在我这儿吃饭——同于贝尔一起;您留下来,睡在我身边……现在,再见,"安棋尔说道,"我要去睡了;时间晚了,您弄得我有点累。——女用人给您准备好了房间。"

"不,我不留下了,亲爱的朋友,请原谅我;我太兴奋了。睡觉之前我要写很多。明天见。我回家了。"

我想查一查记事本。我几乎跑着离开,因为已下起雨来,而我又没带雨伞。我一回到家,就立刻为下周的一天写下这种想法,也不仅仅指理查德而言:

"普通人的德行——接受;而且,这特别切合他们一些人的实际,能让人以为,他们的生活就是量他们的灵魂而裁制的。尤其不要怜悯他们:他们的状态适于他们;可悲的状态!一旦这种平庸的状态不再表现在财产上,他们就视而不见了。我突然对安棋尔讲的,也真是那么回事:每人的际遇都很契合自己。每个人找到适于自己的。因此,人若是满足于自己所拥有的平庸,也就表明它合体,不会有别种际遇了。合乎尺寸的命运。梧桐和桉树生长,撑得树皮发出嘎嘎的破裂声,而人的衣服也必然如此。"

"我写得太多了,"我思忖道,"有四个词儿就够了。但是，我不喜欢公式。现在审查一下安棋尔惊人的建议。”

我将记事本翻到第一个周六，在这一页上我能读到：

“争取六点钟起床。——让感觉多样化一点儿。

“为安棋尔找出虽黑但是美的相应的词语。

“给吕西安和夏尔写信。

“希望能看完达尔文。

“回访洛尔（解释《帕吕德》）、诺埃米、贝尔纳——让于贝尔震惊（重要）。

“临近傍晚，争取从索尔费里诺桥上通过。

“查找‘蕈状赘’的修饰语。”

只有这些。我又拿起笔，全部涂掉，只写上这样一句话：

“同安棋尔去郊游一乐。”

然后，我就去睡觉了。

宴　会

星期四

一夜辗转反侧，今天早晨起来有点难受，就改改习惯，没有喝我这碗奶，而喝了点儿药茶。记事本上这一页是空白，这就表明留给《帕吕德》。没有任何别的事情可干的日子，我就用来工作。我创作了一上午，这样写道：

蒂提尔日记

我穿越了大片荒原，辽阔的平野，无边无际；即使丘岗也很低矮，大地略微隆起，仿佛还在酣睡。我喜爱到泥炭沼边缘游荡；踏出来的小径硬实一点，土层厚而水分少些。其余各处土质松软，一下脚苔藓草墩便往下沉；苔藓吸饱了水分，变得很松软；有些地方则有暗沟放水，晒干苔藓，长了欧石楠和矮松，长了匍匐的石松。有些洼地聚水，呈棕褐色而腐臭。我住在低洼地，没有怎么考虑搬到丘岗上，心里完全清楚到那里也不会看到别的什么东西。我并不远眺，尽管朦胧的天空也有魅力。

腐水面上有时展现奇妙的彩虹，飞来极美的蝴蝶，那翅膀是无与伦比的；水面上绚丽多彩的薄层全是分解的物质。夜晚唤醒磷光，飘忽在水塘上，而沼泽地起来的鬼火，真好像升华了。

沼泽地！有谁能讲述你的魅力？蒂提尔！

这几页文字不要给安棋尔看，我心想：蒂提尔在那里似乎生活得蛮幸福。

我还记了几笔：

蒂提尔买了一个玻璃鱼缸，摆到毫无装饰的屋子中央，想到外面的全部景色都集中在鱼缸里，心中甚是得意。他只放进去淤泥和水，而随淤泥带来的陌生的水族活动起来，给他增添了乐趣。水总那么浑浊，只能看见游近玻璃的水虫；他喜爱光和影的交替变换，透进鱼缸显得更黄或者更灰暗——从护窗板缝透进来的光线穿过鱼缸。想不到鱼缸里的水越来越活跃……

这时，理查德进来了，他邀请我星期六吃午饭。我很高兴能回答说，那天我不巧要去外地办事。他显得很吃惊，没有再说什么就走了。

过了一会儿，我简单吃了顿午饭，也出门了，先去看看艾蒂安，他正审阅他的剧本的校样。他对我说，我写《帕吕德》路子走对了，因为在他看来，我天生不适于写剧本。我告辞出来，在街上又遇见罗朗，由他陪同去阿贝尔家，看到克洛狄乌斯和于尔班。这两位诗人也正断言，再也不能创作戏剧了，但是谁也不同意对方阐述的理由，不过一致认为应当取消戏剧。他们也对我说，我不再写诗算是做对了，因为我写不出像样的诗来。泰奥多尔进来了，继而，我受不了气味的瓦尔特也来了；于是我离开，罗朗也随我出来。一来到街上，我便说道："什么生活，真叫人难以容忍！您受得了吗，亲爱的朋友？"

"还行吧，"罗朗说道，"请问，为什么说难以容忍呢？"

"本来可以换样儿而没有换样儿，这一点就足够了。我们一举一动，一言一行都烂熟了，换个人来也会这样做，重复我们昨天的话语，再组成我们明天的词句。阿贝尔每星期四接待客人，客人中不见于尔班、克洛狄乌斯、瓦尔特和您本人，他那惊讶的程度，也像我们大家不见他在家里一样！哦！我也不是发牢骚，确实看不下去了：我要走了……动身去旅行。"

"就您，"罗朗说道，"嗐！去哪儿，什么时候动身？"

“后天……去哪儿？我也说不好……不过，亲爱的朋友，您应当明白，我若是知道去哪儿，去干什么，也就走不出我这苦恼圈儿了。动身就是动身，单纯得很：意料出乎本身就是我的目的——意想之外的情况——您明白吗？意想之外的情况！我可不是向您提议陪我一起走，因为我要带安棋尔……不过，您何不也走一走呢，去哪儿都成，让那些不可救药之人死守去吧。”

“对不起，”罗朗说道，“我和您不一样，我要走，就喜欢弄清楚去哪儿。”

“那就是有选择喽！我怎么对您说呢？就说非洲吧！您熟悉比斯克拉吗？想想照在沙漠上的太阳！还有那些棕榈树。罗朗啊！罗朗！那些单峰驼！想一想吧，同一颗太阳，我们隔着尘烟和城市建筑，从屋顶之间可怜巴巴望见那么一点儿，在那里已经阳光灿烂，已经普照大地，想一想吧，到处都无拘无束！您还要一直等下去吗？罗朗啊！这里空气污浊，同烦闷一样令人打哈欠，您走不走啊？”

“亲爱的朋友，”罗朗说道，“那里等待我的，可能有特别令人惊喜的情况；可是，我事情太多，脱不开身——我干脆就不去向往。我不能去比斯克拉。”

“恰恰是要放一放，”我接口说道，“放一放缠住您的这些事务。总陷在里面，难道您就甘心吗？我呢，倒也无所谓，要知道，我是动身去另外一个地方，不过您想一想，人来到世上，也许就这么一回，而您那活动的圈子有多么小啊！”

“嗳！亲爱的朋友，”他说道，“不必再讲了，我自有重大的理由，您说的这套我也听厌了。我不能去比斯克拉。”

“那就不谈了，”我对他说道，“我也到家了，好吧！过一段时间再见。我去旅行的消息，麻烦您告诉其他所有人。”

我回到家中。

六点钟，我的挚友于贝尔来了，他从互助会那里来，一见面就说道：

“有人向我提起《帕吕德》！”

“谁呀？”我不禁好奇地问道。

“几位朋友……告诉你：他们不大喜欢，甚至还对我说，你最好还是写写别的。”

“那你就住口吧。”

“你了解，”他又说道，“反正我也不懂，只是听人讲；你写《帕吕德》，既然觉得有意思……”

“哪里，我一点也不觉得有意思，”我高声说道，“我写《帕吕德》是因为……算了，谈点儿别的……我要去旅行。”

“嘻！”于贝尔应了一声。

“对，”我说道，“人有时就需要出城走一走。我后天动身，还不知道去哪儿……我带着安棋尔。”

“怎么，在你这年龄！”

“嗳！亲爱的朋友，是她邀请我的。我可不建议你同我们一起去，因为我知道你太忙……”

“再说，你们也喜欢单独在一起……不用讲了。你们要到远处逗留很久吗?”

“不会太久,我们还得受时间和金钱的限制;不过,关键是离开巴黎。要出城,只能靠强有力的交通工具,乘坐快车;难就难在冲出郊区。”我站起来踱步,以便激发一下情绪,“要经过多少站,才能到达真正的农村!每站都有人下车,就好像赛马刚一起跑,就有人掉下去了。车厢渐渐空了。旅客!旅客在哪儿呢?没有下车的人是要去办事;司机和技工,他们要一直到终点,但是留在火车头上。况且,终点,那是另一座城市。乡村!乡村在哪儿呢?”

“亲爱的朋友,”于贝尔也走起来,说道,“你太夸张了:很简单,乡村始于城市截止的地方。”

我又说道:

“然而,亲爱的朋友,城市恰恰截止不了,出了市区,还有郊区……我看你把郊区给忘了——两座城市之间所见到的全部景象。缩小了的房舍,稀稀落落,还有更丑陋的东西……城市拖拉出来的部分;一些菜园子!还有路两边的沟坡。道路!应当上路,所有人,而不是去别的地方……”

“这些你应当写进《帕吕德》。”于贝尔说道。

这下子我完全火了:

“可怜的朋友,一首诗存在的理由、它的特性、它的由来,难道你就始终一窍不通吗?一本书……对,一本书,于贝尔,像一只蛋那样,是封闭、充实而光滑的。塞不进去任何东西,连一根大头针也不成,除非硬往里插,那么蛋的形态也就遭到破坏。”

“请问，你这只蛋充实了吗？”于贝尔又问道。

“嗳！亲爱的朋友，”我又嚷道，“蛋不是装满的，生下来就是满的……况且，《帕吕德》已经如此了……说什么我最好写写别的，我也觉得这话说得很蠢……很蠢！明白吗？……写写别的！首先我求之不得；可是要明白，这里同别处一样，两边都有陡坡护着：我们的道路是规定死了的，我们的工作也如此。这里我守着，因为没有任何人；全排除掉了，我才选了一个题目，就是《帕吕德》，因为我确信没有一个人会困顿到这份儿上，非得到我的土地上来干活；这个意思，我就是试图用这句话来表达：‘我是蒂提尔，孤单一人。’这话我给你念过，你没有留意……还有，我求过你多少回，千万不要跟我谈文学！对了，”我有意岔开话题，又说道，“今天晚上，你去安棋尔那里吗？她接待客人。”

“接待文学家……算了，”于贝尔答道，“你知道我不喜欢，这种聚会多极了，除了聊天还是聊天；我原以为，你在那种场合也感到窒息呢。”

“的确如此，”我接口说道，“不过，安棋尔盛情邀请，我不愿拂了她的意。再说，我去那儿还要会会阿米尔卡，向他指出大家都喘不上来气儿。安棋尔的客厅太小，不宜组织这类晚会；这一点，我要设法跟她讲讲，甚至要用上‘狭窄’这个词……还有，我到那儿要跟马丹谈谈。”

“随你便吧，”于贝尔说道，“我走了，再见。”

他走了。

我整理一下材料便吃晚饭，边吃边想这次旅行，心中反复念叨："只差一天啦！"——我念念不忘安祺尔的这个提议，快吃完饭时心情特别激动，认为应当给她写上这样一句话："感知始于感觉的变化，因此必须旅行。"

信封上之后，我不敢怠慢，便去她家里。

安棋尔住在五楼。

她招待客人的日子，在门前放一张条凳，另一张放在三楼楼道，摆在洛尔的门前，可以坐下歇口气，以备不时之需：休息站。我上楼就气喘了，坐到头一张凳子上，从兜里掏出一张纸，打算构思几点论据对付马丹。我写道：

> 人不出门，这是个错误。况且人也不可能出去，但这正是因为人不出门。

不对！不是这码事儿！重写。我把纸撕掉。应当指出的是，每个人虽然关在家中，却自认为身在户外。我这生活的不幸！一个事例。——这时有人上楼来，正是马丹。他说道：

"咦！你在工作！"

我答道：

"亲爱的，晚上好。我正在给你写呢，别打扰我。你到楼上那张凳子上坐下等我。"

他上楼去了。

我写道：

> 人不出门，这是个错误。况且，人不可能出去，但这正是因为人不出门。人不出门是因为自以为已经在外面了。如果知道自己关在家里，那至少会产生出去的愿望。

“不对！不是这码事儿！不是这码事儿！重写。”我撕掉，“应当指出的是，谁也不观望，因此人人都自以为在外面。况且，不观望也因为是瞎子。我这生活的不幸啊！我简直一点也不理解了……而且，在这里创作真是难受极了。”我又换了一张。这时，有人上楼来，是哲学家亚历山大。他说道：“咦！您在工作？”

我正全神贯注，回答说：

“晚上好。我给马丹写东西；他正在楼上，坐在凳子上。请坐，我这就完……唔！没位置坐啦？……”

“没关系，”亚历山大说道，“我有手杖撑着。”于是他拉开手杖，站着等候。

“喏，现在完了。”我又说道。我从栏杆探出头，喊道：“马丹，你在上面吗？”

“在呀！”他也喊道，“我等着呢。你把凳子带上来。”

我到安棋尔这里，差不多跟到家一样，就拖着凳子上去。

到了楼上,我们三人坐定,马丹和我交换看各自写的,亚历山大则等着。

只见我这一页上写道:

盲目自以为幸福。以为看得很清楚就不打算看了,因为:只能看出自己是不幸的。

只见他那张纸上写道:

因盲目而幸福。以为看得很清楚就不打算看了,因为:看清自己只能是不幸的。

“然而,”我高声说道,“我恰恰惋惜令你欢喜的事,应当说我有道理,因为我惋惜你这样欢喜,而你呢,却不能欢喜我对此惋惜。重来。”

亚历山大在等着。

“马上就完,”我对他说道,“回头再向您解释。”

我们又拿起各自的稿纸。

我写道:

你提示我说,有人这样翻译“Numero Deus impare gaudet”:“数字二很高兴成为奇数”,他们也认为数字二这样有道理。那么,奇数性本身如果真的蕴含幸福的希望——我是指自由的希望，我们就应当对二这个数说："不过，可怜的朋友，您并不是奇数；您若是满足于做奇数，至少先设法变为奇数。"

他写道：

你提示我说，有人这样翻译"Et doma ferentes"："我怕希腊人。"译者发觉不到在场者了。那么，每个在场者，如果真的隐藏一个能当即征服我们的希腊人，我就要对希腊人说："可爱的希腊人，给予并索取吧，这样我们就两清了。不错，我是你的人，否则的话，你什么也不会给我了。"凡是我说到希腊人，就理解必要性吧。它索取的相当于它给予的。

我们交换看。一阵工夫过去了。

他在我那张纸下端写道：

我越考虑越觉得，你的例子很愚蠢，因为，毕竟……

我在他那张纸下端写道：

我越考虑越觉得，你的例子很愚蠢，因为，毕竟……

写到这里，一页满了，我们俩都翻过来——然而，我在他这张纸反面看到已经写了：

规则之内的幸福。乐在其中。构想一份典型的菜单。

第一：汤（根据于斯曼先生）；

第二：牛排（根据巴雷斯先生）；

第三：蔬菜选择（根据加布里埃尔·特拉里厄先生）；

第四：埃维昂短颈大肚水瓶（根据马拉美先生）；

第五：查尔特勒绿金酒（根据奥斯卡·王尔德先生）。

在我这张纸上，仅仅看到我在植物园所产生的富有诗意的思想：

蒂提尔微笑了。

马丹问道："蒂提尔是谁？"

我答道："是我。"

“这么说,你时常微笑啦!”他接口说道。

“嗳,亲爱的朋友,别忙,听我给你解释(每次都管不住自己!……)——蒂提尔,是我,又不是我;蒂提尔,是那个傻瓜,那是我,是你……是我们大家……别这么嘿嘿冷笑……你惹我恼火了……我说的傻瓜,意思就是残废的人:他往往想不起自己的不幸,也就是我刚才对你讲的。人有忘却的时候;不过要明白,这句话没什么,无非是带点诗意的思想……”

亚历山大看了我们所写的。亚历山大是位哲学家,他说什么,我总持怀疑态度,也从不应答。他微微一笑,转向我,开口说道:

“先生,您所说的自由行为,照您的意思,我看就是一种不受任何限制的行为。跟着我的思路:是可以游离的;注意我的推理:是可以取消的。我的结论:毫无价值。先生,要紧紧抓住一切,不要追求偶然性:首先,您也得不到,其次,得到了对您又有何用?”

我还照老习惯,根本就不搭腔。每当一位哲学家回答你的问题,你就再也弄不明白自己问的是什么了。这时传来上楼的脚步声:是克莱芒、普罗斯佩和卡西米尔他们。

“怎么,”他们一见亚历山大同我们坐在一起,便说道:“你们变成禁欲主义者啦?进去吧,几位门神。”

我觉得他们这个玩笑开得有点矫揉造作,因此,我认为应当在他们之后进去。

安棋尔的客厅已经满是人了。安棋尔在客人中间笑容可掬,她走来走去,给人送咖啡、奶油球蛋糕。她一瞧见我,便跑过来低声说道:

“唔!您来了;我有点担心大家会感到无聊;您给我们朗诵几首诗。”

“不行,”我答道,“大家还会同样感到无聊;况且您也了解我不会作诗。”

“哪里,哪里,近来您总写了点什么……”

这时,伊尔德勃朗凑上来:

“哦!先生,”他拉住我的手,说道,“幸会,幸会。您最近的大作,我还没有拜读呢,不过,我的朋友于贝尔向我大加称赞……今天晚上,您似乎赏光给我们朗诵诗……”

安棋尔抽身走了。

伊勒德维尔来了,他问道:

“对了,先生,您在写《帕吕德》?”

“您怎么知道的?”我高声反问道。

“还用问,”他又说道(口气夸张),“这成了大家议论的中心——甚至可以说,新作和您最近这部作品不会一样,新近的大作我还没有拜读,不过,我朋友于贝尔曾对我大谈特谈。您将要给我们朗诵诗,对不对?”

“可不是水坑里的湿虫,”伊吉道尔愚蠢地插言道,“《帕吕德》里好像生满了——这是听于贝尔讲的。哦!说到这个,亲爱的朋友,《帕吕德》,究竟是什么?”

瓦朗坦也凑过来,由于好几个人都同时恭听,我的思想不免乱了。

“《帕吕德》……”我开始解释，“这故事讲的是一个中立地区，属于所有人的地方……更确切地说，讲的是一个正常的人，每人入世都在他身上有所体现的人；这故事讲的是第三者，人们所谈论的人——他生活在每人身上，又不随同我们死去的人。在维吉尔的诗中，他叫蒂提尔，诗中还特意向我们说明他是‘躺着的’——‘Tityre recubans’。《帕吕德》讲的是躺着的人的故事。”

“咦！”帕特拉说道，“我还以为讲的是一片沼泽地的故事。”

“先生，”我答道，“言人人殊嘛——实质却永恒不变。不过，请您要明白，向每人讲述同一件事的唯一方法，你听清楚了，讲述同一件事，唯一的方法，就是根据每种新精神改变形式。此刻，《帕吕德》，就是安棋尔的客厅的故事。”

“我明白了，总之，您还没有确定呢。”阿纳托尔说道。

菲洛克塞纳走过来，他说道：

“先生，大家都等您的诗呢。”

“嘘！嘘！”安棋尔说道，“他这就朗诵了。”

全场肃静。

“可是，先生们，”我又气又恼，嚷道，“我向你们保证，真的没有什么值得朗诵的。迫不得已，我就给你们念一小段，免得说我拿架子，这一小段还没有……”

“念吧！念吧！”好几个人说道。

“好吧，先生们，既然你们坚持……”

我从兜里掏出一张纸，也没有摆姿势，随口就以平淡的声调念道：

散　步

我们漫步，走在荒原上。
愿上帝听见我们的声响！
我们就这样在荒原游荡，
直到暮色降临大地，
我们实在筋疲力尽，
就很想坐下来小憩。

……大家继续保持肃静，还在等待，显然没明白诗已经完了。

“完了。”我说道。

这时，在冷场中间，忽听安棋尔说道：

“真妙啊！您应当把这放进《帕吕德》里去。”她见大家始终沉默，便问道：“对不对，先生们，应当把这放进《帕吕德》里去？”

于是，一时间全场议论纷纷，有人问：“《帕吕德》？《帕吕德》？是什么呀？”另一些人则解释《帕吕德》是怎么回事。可是，越解释越抓不住了。

我也插不上嘴，可是这时，生理学家加罗吕斯，出于追本溯源的癖好，带着询问的神色走到我面前。

“《帕吕德》吗？”我立刻开口说道，“先生，这个故事讲的是生活在黑暗的山洞里的动物,因为总不使用眼睛而丧失视觉。再说,您请便吧,我实在热得难受。”

这工夫,精明的批评家埃瓦里斯特下了结论:

“我担心这个题材有点太专。”

“可是,先生,”我只好应答,“就没有太特殊的题材。‘实在遗憾’,维吉尔这样写道,甚至可以说,这恰恰是我的题材——实在遗憾。”

“艺术就是相当有力地描绘一个特殊的题材,以便让人从中理解它所从属的普遍性。用抽象的词语很难说清楚,因为这本来就是一种抽象的思想。不过,想一想眼睛靠近门锁孔所看到的广阔景物,您就一定能理解我的意思了。某个人看这仅仅是个门锁孔,但是他只要肯俯下身去,就能从孔中望见整个世界。有推而广之的可能性就够了,推广到一切事物中,那就是读者、批评家的事儿了。”

“先生,”他说道,“您倒把自己的任务大大地简化了。”

“否则的话,我就取消了您的任务。”我答道,一下子噎得他走开了。“嘿!”我心中暗道,“这回我可以喘口气啦!”

恰好这当儿,安棋尔又拉住我的袖口,对我说道:

“走,我让您看样东西。”

她拉着我走到窗帘跟前,轻轻撩起窗帘,让我看玻璃窗上一大块黑乎乎的东西,那东西还发出嗡嗡的响声。

“为了不让您抱怨屋里太热,我找人安了个排风扇。”她说道。

“啊！亲爱的安棋尔。”

“不过，”她继续说道，“它总嗡嗡响，我又不得不拉上窗帘遮住。”

“哦！是这东西呀！可是，亲爱的朋友，这也太小啦！”

“商店老板对我说，这是适于文学家的尺码。个头儿大的是为政治会议制作的，安到这儿就听不见说话了。”

这时，伦理学家巴尔纳贝走过来，拉拉我的袖口，说道：

“您的许多朋友向我谈了《帕吕德》，足以让我比较清楚地领会您的意图。我来提醒您，我觉得这事无益却有害。您本人憎恶停滞状态，就想迫使人们行动；迫使他们行动，却不考虑您越是在他们行动之前干预，行动就越不是出于他们的本意。从而您的责任增加，他们的责任则相应减少了。然而，唯独行为的责任感，才能赋予每种行为的重要性——行为的表象毫无意义。您只能施加影响，教不会别人产生意愿：‘意愿不是教会的’；您努力的结果如能促成一些毫无价值的行为，那就算很可观啦！”

我对他说道：

“先生，您否认能照顾他们，那就是主张不要关心别人了。”

“要照顾，至少是很难的，而我们这些照顾者的作用，不在于多少立竿见影地促成重大的举动，而是让人负起日益重大的微小举动的责任。”

“以便增加行动的顾虑，对不对？您要增加的不是责任感，而是顾忌。这样，您又削减了自由。像样负责的行为，是自由的行为；而我们的行为不再是自由的了，我不是要促使产生行为，而是要解救自由……”

他于是淡淡一笑，以便给他要讲的话增添点风趣，说道：

“总而言之——如果我领会透了的话，先生——您是强制人接受自由……”

“先生，”我提高嗓门儿，“我看到身边有病人的时候，就感到不安，如果要照您的话，担心降低治好病症的价值，我不设法给他们治一治，至少我也要向他们指出他们有病……明确告诉他们。”

迦莱亚斯凑上前，只为插进这种荒谬的对话：

“不是向病人指出病症，而是让他们观赏健康，才能治好病。应当描绘每张病床上躺着一个正常的人，应当给医院楼道里塞满法尔内塞府邸的赫刺克勒斯。”

这时，瓦朗坦冒出来说道：

“首先，正常的人不叫赫刺克勒斯……”

有人立刻帮腔：“嘘！嘘！伟大的瓦朗坦·克诺克斯要讲话了。

他说道：

“在我看来，健康并不是一个如此令人艳羡的优点。这不过是一种均衡，各部位的一种平庸状态，没有畸形发展。我们只有与众不同才显得杰出；特异体质就是我们的价值病；换言之，我们身上重要的，是我们独有，在任何别人身上找不到的东西，是您所说的‘正常人’所不具备的，也就是您所称的疾病。

“从现在起，不要把‘疾病’视为一种缺陷，恰恰相反，是多出了点什么东西。一个驼子,就是一个多出个肉驼的人,而我希望你们把健康视为疾病的一种欠缺。

“我们并不看重‘正常人’,我甚至要说是可以取消的——因为随时随地都能再找见。这是人类最大的公约数,而从数学角度看,作为数,就可以从每个数字拿掉,无损于这个数字的‘个性’。‘正常人’(这个词令我恼火),就是熔炼之后,将特殊的成分提炼出来,转炉底剩下的渣滓,那种原材料。这就是通过珍稀品种杂交而重新得到的原始鸽——灰鸽子——有色羽毛一掉光,就毫无出奇之处了。”

我听他谈起灰鸽子,不禁激动起来,真想紧紧握住他的手,便说道:

“啊!瓦朗坦先生。”

他只给了我一句:

“你住口,文学家。首先,我仅仅对疯子感兴趣,而您简直太有理智了。”他又继续说道:“正常人,就是我在大街上碰到的一个用我的姓名招呼,乍一看当成我自己的人;我把手伸给他,高声说道:‘我可怜的克诺克斯,今天你气色这么不好!你的单片眼镜哪儿去啦?’令我惊奇的是,同我一道散步的罗朗,也用他的姓名同那人打招呼,跟我同时对那人说:‘可怜的罗朗!您的胡子哪儿去啦?’继而,我们厌烦了,就将那人一笔勾销,一点也不感到遗憾,因为他毫无新奇之处。那人呢,也哑口无言,只因他有一副可怜相。他,正常人,你们知道他是谁吗?就是第三者,人们谈论的那位……”

瓦朗坦转向我,我则转向伊勒德维尔和伊吉道尔,对他们说道：

“嗯？我对你们说什么啦？”

瓦朗坦注视着我，声音极高，接着说道：

“在维吉尔诗中，他叫蒂提尔，就是不随同我们死去，借助每个人活在世上。”他哈哈大笑，又冲着我补充一句：“因此，杀掉他也无所谓。”

伊勒德维尔和伊吉道尔也忍俊不禁，嚷道：

“好哇，先生，蒂提尔一笔勾销吧！！！”

我气急败坏，再也忍不住了，也嚷道：

“嘘！嘘！我要讲话啦！”

我顾不得章法，开口便道：

“不对，先生们，不对！蒂提尔也有自己的病症！！！所有人！我们所有人，从生到死都有，例如在这种糟糕的时候，我们怀疑成癖：今天夜晚，家门上锁了吗？于是又去瞧瞧；今天早晨，领带打上了吗？于是用手摸摸；今天晚上，裤子扣好了吗？于是检查一下。喏！瞧瞧马德吕斯，他还不放心！还有博拉斯！你们都瞧见了。请注意，我们完全知道事情做好了，可是因为有病又重做——回顾病。就因为做过而重做；我们昨天的每个举动，似乎今天都向我们提出要求；就好像一个婴儿，我们给了他生命，往后还得养活他……”

我筋疲力尽，自己听着也觉得很糟……

“凡是经过我们手做的事，仿佛都得由我们维护延续：从而产生一种恐惧心理；怕事情做多了负担太重，因为，每个举动一旦完成，非但没有变成我们的一个启动器，反而变成凹陷的床，邀我们又倒下去——‘又倒下去’。”

“您讲的这些还真有点儿意思……”彭斯开了口。

“哪里呀，先生，一点儿意思也没有。——根本不应当写进《帕吕德》里……我讲过，我们现在的行为方式，表现不出我们的个性了……个性寓于行为中……寓于我们所做的(颤音)两次行为、三次行为中。贝尔纳是谁？就是星期四在奥克塔夫家遇见的那位。奥克塔夫又是谁？就是星期四接待贝尔纳的那一位。还有什么呢？也是星期一去贝尔纳家做客的那一位。是谁……各位先生，我们所有人，都是谁？我们是每星期五晚上到安棋尔家做客的人。”

“可是，先生，”吕西安有礼貌地说道，“首先，这再好不过；其次，请您相信，这是我们唯一的相切点！”

“哦！真的，先生，”我又说道，“我认为，于贝尔每天六点钟来看我，他就不能同时到您家去。如果接待你们的人是布里吉特，那又能改变什么呢？……如果若阿山只能每隔三天接待布里吉特，那又有什么关系？……难道我还统计一下？……不！不过，今天，我倒很想用手着地走路，而不是像昨天那样，用双脚走路！”

“我倒觉得，您就是这样干的。”图利乌斯愚蠢地说道。

“嗳，先生，这恰恰是我自怨自艾的事；要注意，我说‘我倒很想’！况且，现在我就到大街上去，试着这么干一干，准得让人当作疯子给关起来。正是这一点令我恼火……也就是说，整个外界、法律、习俗、人行道，似乎决定我们的重复动作，规定我们的单调行为，而其实，这一切又多么投合我们喜爱重复的心理。”

“这样说来,您还有什么可抱怨的?”唐克雷德和加斯帕尔嚷道。

“我抱怨的恰恰是谁也不抱怨!接受害处便助长害处,这会变成恶习,先生们,因为久而久之,人们就乐在其中了。我抱怨什么,先生……正是谁也不反抗;正是吃了一锅炖菜,那神气就像美餐一顿,一餐花了三四法郎就容光焕发了。正是人们不起而抗争……”

“嗐!嗐!嗐!”好几个人嚷道,“您这不成了革命者啦?”

“根本不是,先生们,我并不是什么革命者!你们不让我把话讲完,我说人们不起而抗争……是指内心里。我抱怨的不是食物的分配,而是我们这些人,是习俗……”

“总而言之,先生,”大家七嘴八舌,“您指责人们现行的生活方式,但另一方面,您又否定他们能换个样儿生活;您还指责他们这样生活就心满意足了,话又说回来,他们若是喜欢这样呢,若是……总之,先生:您到底要怎样呢???”

我满头大汗,完全不知所措,昏头昏脑地答道:

“我要怎样?先生们,我要……就我而言……就是结束《帕吕德》。”

话音未落,尼科代姆从人堆里冲出来,紧紧握住我的手,嚷道:

“啊!先生,您这样做就太棒啦!”

其他所有人一下子全转过身去。

“怎么,您了解?”我问道。

“不了解,先生,”他又说道,“不过,我的朋友于贝尔总对我大谈特谈。”

“哦!他对您说……”

“对,先生,是钓鱼者的故事,他挖到极好的蚯蚓,就自己吃了,没有给鱼钩上饵,当然……他一条鱼也钓不上来。我觉得这故事非常逗!”

他一点儿也未弄明白。整个儿还得重新开始。唉!我极度疲惫!说什么这恰恰是我想让他们理解的,真想不到要重新……总是要……重新解释;人家搞糊涂了,我受不了了;哦!我已经说过……

我在安棋尔这里几乎像在自己家里,我走到她跟前,掏出怀表,高声叫道:

“哎呀,亲爱的朋友,时间也太晚啦!”

于是不约而同,每人都从兜里掏出表,惊叹道:“这么晚啦!”

唯独吕西安出于礼貌,还暗示一句:“上星期五还要晚些!”不过,丝毫也没人注意他的提示(我只是对他说了一句:“这是因为您的表慢了。”);人人跑去拿外衣;安棋尔同人握手,她还笑容可掬,让人吃最后的奶油球蛋糕。继而,她又俯身看客人下楼。我已经散了架,坐在软墩垫上等她,见她回来便说道:

“您这晚会,真是一场噩梦!噢!这些文学家!这些文学家,安棋尔!!! 全都叫人无法忍受!”

“可是,那天您却没有这么说。”安棋尔接道。

“那是因为我没有在您这儿看见他们,安棋尔。而且,客人的数量也实在惊人！亲爱的朋友,一次不能接待这么多人!”

“嗳!”她说道,“也不全是我邀请来的;每人都带来几个。”

“您在他们那些人中间,简直晕头转向了……早知如此,您应当叫洛尔上来一下,你们两个照应,还能从容些。”

“不过,我看您冲动极了,真以为您要把椅子吞下去。”

“亲爱的安棋尔,若不如此,大家就会感到太无聊了……您这屋子也实在太憋闷！……下一次,有请柬的才能进来。我倒要问问您,您这小排风扇算怎么回事儿！首先,再也没有什么比原地转的东西叫我恼火了;这一点,您早就应该知道！其次,转就转呗,还非得发出难听的响声！当时,大家一停止谈话,就听见它响。他们心里都在纳闷:‘那是什么呀?’您也非常清楚,我不能告诉他们:‘那是安棋尔的排风扇!’喏,现在您听见了,吱吱嘎嘎一个劲儿响。噢！受不了,亲爱的朋友,请您把它停了。”

“可是,”安棋尔说道,“没法儿让它停啊。”

“噢！它也一样!”我高声叹道,“那咱们就高声说话,亲爱的朋友。怎么！您哭啦?”

“根本没有。”她说道,可是眼圈儿红得厉害。

“随便吧！……”我要压住讨厌的响声,便大肆发起感慨来,“安棋尔！安棋尔！是时候啦！离开这叫人忍受不了的地方吧！美丽的朋友，我们会突然听到海滩上的大风吗？我也知道，人在您身边，只产生一些微不足道的念头，不过，那大风有时能将这类念头吹起来……再见！我需要走走；比明天还需要，想一想吧！还有旅行。想一想，亲爱的安棋尔，想一想吧！”

“好了，再见，”她说道，“去睡觉吧，再见。”

我同她分手，连跳带颠地回到家里，脱了衣裳便上床躺下，倒不是要睡觉，而是看别人喝咖啡心就烦。我感到自己陷入困境，心中想道：“为了说服他们，我所能做的都做得很好吗？对马丹，我本应找出几条更为有力的论据……还有古斯塔夫！……嗯！瓦朗坦，他只喜欢疯子！……他说我‘有理性’……真能这样该多好！我这一整天，除了干蠢事还是干蠢事。我完全清楚，这不是一码事……我的思想哟，为什么到这里停下，把我定住，形成一只惊恐的猫头鹰？革命者，说到底，也许我就是，只因太憎恶与其相反的东西了。想要摆脱可悲的境地，又感到自己多么可悲！居然不能让人理解……然而我对他们讲的，却是实实在在的，因为我也深受其苦。我真的深受其苦吗？我敢发誓！有些时候，一点头绪也没有了，我不知道自己想干什么事，要怪什么人……就觉得我是在同自己的幽灵搏斗，觉得自己……上帝啊！我的上帝，这种情况实在叫人难以忍受，别人的思想比物质还要迟钝。每人的思想，你只要触碰，似乎就要受到惩罚，犹如夜间的女鬼附在你肩上，吸你的血，使你越虚弱就压得越重……

现在我开始寻找思想的等同物，以便向别人解释得更清楚。我不能停止；反思回顾——这种暗喻很可笑——我指责别人的所有那些病症，在我描绘的过程中，却逐渐缠到我身上；这种痛苦，我非但未能赋予别人，反而全留给自己了。此刻我觉得，这种病痛感又加剧了我的病痛，而别人呢，归根结底，他们也许没有病。这样说来，他们不感到痛苦也是对的，我没有理由责备他们；然而，我跟他们一样生活，这样生活又感到痛苦……噢！我这头脑一筹莫展！我要引起别人警惕和不安——为此费了多大心思——可我只引起自己坐卧不宁……咦！一句妙语！记下来。”

我从枕头底下抽出一张纸，又点亮蜡烛，简单写下这样几个词：

“迷上自己的不安。”

我又吹熄蜡烛。

“……上帝啊，我的上帝！入睡之前，还有一小点我要讨求一下……人产生一个小小的念头……本来也可以置于脑后……嗯！……什么？……没什么，是我在说话；我说本来也可以置于脑后……嗯！……什么？……哦！我差点儿睡着了……不行，还要想想这个正在胀大的小小念头，我没有很好抓住这种进展；现在，这个念头变得非常庞大……还捉住了我，以我为生，对，我成了它的生存手段；它这么沉重，我必须在世上介绍它，代表它。它抓住我，就是要我拖它行于世。它同上帝一样沉重……真倒霉！又来一句妙语！”

我又抽出一张纸，点燃蜡烛，写道：

“它必然胀大而我缩小。”

“这在圣约翰身上就有……唔！趁我还没睡……”于是，我又抽出第三张纸……

“糊涂了，不知道自己要说什么……嗳！管它呢；头这么疼……不行，想法一撂下就会消失，消失……那我就会疼痛，如同安了一个木制假腿……假腿……想法不翼而飞：还能感觉到，想法……想法……人一重复说的话，就是要睡着了；我再重复：假腿，假腿……假……哎呀！我没有吹灭蜡烛……哪儿的话。蜡烛吹灭了吗？……当然了，既然我睡了。况且，于贝尔回来的时候，蜡烛还没有吹灭呢……可是安棋尔硬说没有；正是那会儿，我向她提到假腿，因为假腿插进了泥炭地里；我向她指出，她永远也跑不快了；我还说，这一片地松软得很！……沼泽路——不是这码事儿！……咦！安棋尔哪儿去了？我开始跑快一点儿。真倒霉！陷得这么厉害……我永远也跑不快了……船在哪儿呢？我到地方了吗？……我要跳了……嗨哟！嘿！好家伙！……

“安棋尔，您若是愿意的话，咱们就乘这条船游一游。我只想指给您看看，亲爱的朋友，这里只有薹和石松、小眼子菜……而我兜里什么也没有带，只有一点儿面包渣可以喂鱼……咦？安棋尔又哪儿去啦？……亲爱的朋友，您今天晚上是怎么了，动不动人就没了呢？……真的，亲爱的，您整个的人化为乌有！安棋尔！安棋尔！听见了吗？唉，听见了吗？安棋尔！……难道您这样就没了，只剩下这枝睡莲（我使用这个词的含义，今天很难确定），要我从河面捞上来……怎么，这纯粹是丝绒啊！完全是地毯，这是塑料地毯！……为什么总坐在上面呢？手这样抓着两根椅子腿。总得想法儿从桌椅下爬出来！……还要接待主教大人呢……这里憋闷，更待不得！……哦，于贝尔的肖像。他真是春风得意……太热了，咱们打开房门。另一间屋子，还要像我意料中的情景；不过，于贝尔的像画得糟糕；我还是喜欢另外那一幅；这一幅好似排风扇——我敢保证！活脱脱一个排风扇。他为什么开玩笑呢？……咱们走吧。来，我亲爱的朋友……咦！安棋尔又去哪儿啦？刚才我还紧紧拉着她的手呢；她一定是溜进走廊，去收拾旅行箱了。她本可以把火车时刻表留下……嗳，别跑这么快呀，我怎么也跟不上您。噢！糟糕！又是一扇关闭的门……幸好这一道道门很容易打开，我随手“啪”地关上门，免得让主教大人抓住。我觉得他鼓动起安棋尔的所有客人来追我。这么多呀！这么多呀！文学家……啪！又是一道关着的门。啪！噢！难道我们永远也走不出去吗，出不了这走廊！啪！没完没了！我都不知道自己到哪儿了……现在我跑得真快！……谢天谢地！这里没有门了。于贝尔的画像没有挂好，要掉下来了；他一副嘲笑的样子……这间屋实在太小，甚至可以用上‘狭窄’这个词：人全进来，怎么也装不下。他们就要到了……我喘不上气啦！啊！要从窗户进。我也要随手关上窗户；我得狠下心，连临街阳台的窗板都关上。咦！这是条走廊！哎呀！他们来了：我的上帝呀，我的上帝！我简直疯了……我感到窒息！”

我醒来，出了满身大汗：被子掖得太严，就像绳索一般紧紧捆住我，绷得很紧，仿佛死沉的重物压在胸口。我猛一用劲，将被子掀起来，接着一下子全蹬掉了。房间的空气围住我：均匀呼吸……凉爽……凌晨……玻璃窗发白了……这一切应当记录下来；鱼缸，同房间其他什物混淆……这时我浑身发抖——我心想，恐怕要着凉——肯定要着凉。于是，我哆哆嗦嗦下床，拾起被子，拉上床，又乖乖地掖好睡觉。

于贝尔

或打野鸭

星期五

我一起床，就翻看记事本：“要六点起床”。现在八点钟了。我拿起笔，将这句话画掉，再写上：“十一点起床”。下面内容看也不看，我就重又躺下了。

折腾了一夜，我感到身体有点儿不舒服，便换换样儿，不喝牛奶，而是喝点儿药茶，甚至还让仆人端来，我就躺在床上饮用。记事本气得我要命，我在一张活页上写道：“今天傍晚，买一大瓶埃维昂矿泉水”；然后，我就用图钉把这张纸摁在墙上。为了品尝这种矿泉水，我要留在家里，绝不去安棋尔那里用晚餐；况且，于贝尔准去，我去了也许会妨碍他们；不过，到了晚上就马上去，看看我是否真的妨碍了。

我拿起笔写道：

“亲爱的朋友,我偏头疼,不能去吃饭了,况且于贝尔会去的,我不愿意妨碍你们;不过,到了晚上我马上就到。我做了个相当离奇的噩梦,给你讲一讲。”

我将信封上,又拿了一张纸,从容写道:

蒂提尔去水塘边采有用的植物,找见琉璃苣、有疗效的蜀葵和苦味矢车菊,带回一捆药草。既是草药,就得找有病要治的人。水塘四周,一个人也没有。他心想:真可惜。于是,他走向有热症和工人的盐田。他朝他们走去,向他们解释、劝告,证明他们有病。可是,一个人说自己没病;另一个人接了蒂提尔一枝开花的药草,要栽到盆里,看着它生长;最后,还有一个人知道自己染上了热症,但是他认为这病对他身体有益。

到末了,谁也不想医治,而这些花又枯萎了,蒂提尔干脆自己得上热病,至少也能给自己治疗……

十点钟有人拉门铃,是阿尔西德来了。他说道:“还躺着!病了吗?”

我答道:“没有,早安,我的朋友。不过,我只能十一点钟起床。这是我做的一个决定。你来有事?”

“给你送行,听说你动身去旅行……要去很久吗?”

“不会很久很久……你也了解,我的财力有限……然而,关键是动身。嗯？我说这话不是要赶你走，不过，走之前，我还有很多东西要写……总之，你还来一趟，承情了，再见。”

他走后，我又拿起一张纸，写道：

蒂提尔经常躺着。

然后，我又一直睡到中午。

这情况挺有意思，值得一书：一个重大决定，决心大大地改变生活，就使得日常的义务和事务显得多么微不足道，还给人以勇气打发这一切见鬼去。

我对阿尔西德的来访很烦，如果没有这种决定，我就绝不敢如此果断，不客气地打发他走了。还有，我不由自主，偶尔瞧一眼记事本，只见上面写道：

“十点钟：去向马格卢瓦解释为什么我觉得他那么蠢笨。”

我同样有勇气庆幸自己没有照办。

“记事本也有用处，”我想道，“因为，我若是不记下今天上午该做什么，就可能把这事忘了，也就尝不到没有照办的这份乐趣了。这对我就是有魅力，这情况我非常俏皮地称为‘否定的意外’，而且相当喜爱，因为平日无须多大投入就行之有效。”

晚上吃过饭，我就去安棋尔家。她正坐在钢琴前伴奏，配合于贝尔唱《洛亨格林》的著名二重唱，我很高兴将他们打断。

“安棋尔，亲爱的朋友，”我一进门便说道，“我没有带旅行箱，而且我还接受您的盛情邀请，留在这里过夜，对不对，和您一起等待清晨启程的时刻。好久以来，有些物品我不得不放在这儿，您一定收到我的房间里了，有粗皮鞋、毛衣、皮带、雨衣……需要的东西全有，我就用不着回家取了。只有这个晚上，要动动脑筋，考虑明天出行的事，与准备旅行无关的事一概不干；必须想得全面，周密安排，让这趟旅行从各方面看都令人向往。于贝尔也要吊吊我们胃口，讲讲从前旅途上的奇遇。”

“恐怕没时间了，”于贝尔说道，“不早了，我还得去我那保险公司，赶在办公室关门之前取点儿文件。再说，我不擅长叙述；讲来讲去还是回忆我打猎的事。这要追溯到我去犹地亚的那次长途旅行，说起来很可怕，安棋尔，真不知道……”

“嗳！讲讲吧，我求您了。”

“既然您要听，经过是这样：

“我同博尔伯一道去旅行，那是我一个童年好友，你们俩都不认识；别回想了，安棋尔，他死了，我讲的就是他死的情况。

“他跟我一样酷爱打猎，是丛林老虎的猎手。他虚荣心还很强，用他打的一只老虎的皮，定做了一件式样土气的皮袄，热天甚至还穿在身上，总是大敞着怀。最后那天晚上他也穿着……而且理由更充足，因为天黑下来，几乎看不见了，天气也更加寒冷。你们也知道那地方的气候，夜晚很冷，而正是要趁黑夜打豹子。猎手坐在秋千上猎豹——这方式甚至挺有趣。要知道，在埃多姆山区有岩石通道，野兽定时经过；豹子的习性最有规律了，正因为如此，才有可能猎获。从上往下打死豹子，这也符合解剖学原理。因此利用秋千，不过，只有在一枪未打中豹子的时候，这方式才真正显示它的全部优越性。因为，枪的后坐力相当大，能带动秋千摇摆起来；打猎选的秋千非常轻，立刻就会来回摇摆，而豹子暴跳如雷，但是够不到，人若是待在秋千上一动不动，它就肯定会扑到。我说什么，肯定会？……它扑到啦！它扑到啦，安棋尔！

“这些秋千吊在小山谷两端，我们每人一副；夜深了，我们在等待。午夜到凌晨一点之间，豹子要从我们下面经过。我那时还年轻，有点胆怯，同时又敢干，我指的是操之过急。博尔伯年龄大，也更稳重；他熟悉这种打猎，出于真诚的友谊，还把能先见到猎物的好位置让给我了。”

“你作诗的时候，一点儿也不像诗，”我对他说道，“你说话还是尽量用散文吧。”

他没明白我这话的意思，又接着说道：

“到了半夜，我给枪压上子弹。十二点一刻，一轮明月照到山岩上。”

“那景色一定很美！”安棋尔说道。

“时过不久，就听见不太远的地方传来窸窸窣窣的声音，正是猛兽行进发出的特殊声响。十二点半，我瞧见一个长长的形体匍匐着向前进。正是它！我还等着它到我的正下方。我开枪了……亲爱的安棋尔，让我怎么对您说呢？我在秋千上就觉得一下子被朝后抛去……仿佛飞起来；我立即感到失去控制，一时昏了头，但是还没有完全……博尔伯还不开枪！他等什么呢？正是这一点我弄不明白；不过我明白这种两个人狩猎很不慎重：因为，亲爱的安棋尔，假如一个人要开枪，哪怕在另一个人开枪之后一瞬间，愤怒的豹子看到那不动的点，也来得及扑上去……而且，豹子攻击的恰恰是那个没有开枪的人。现在我再想这事，就认为博尔伯想开枪，可是子弹打不出去。再好的枪，也有哑子儿的时候。我的秋千停止后摆，又往前荡时，我就看清博尔伯在豹子爪下了，两个在秋千上搏斗；的确，这种猛兽最敏捷了。

“我不得不，亲爱的安棋尔，想一想啊！我不得不目睹这一惨剧。我还一直来回悠荡；现在他也悠荡了，但是在豹子爪下。我毫无办法！……开枪吗？……不可能：怎么瞄准呢？……我至少特别希望离开，因为秋千荡得我恶心得要命……”

“那情景该有多激动人心啊！”安棋尔说道。

“现在，再见了，亲爱的朋友们，就此告辞。我还有急事。一路平安，祝你们玩得痛快，别回来太晚。星期天我还来看你们。”

于贝尔走了。

我们沉默了许久。我若是开口，就准得说：“于贝尔讲得很糟。我还不知道他去犹地亚旅行过。这个故事难道是真的吗？他讲述的过程中，您那种欣赏的神态也太失分寸了。”

然而，我一声不吭，只是注视着壁炉、油灯的火苗儿。安棋尔在我身边，我们俩守着炉火……桌子……房间的美妙的朦胧氛围……我们必须离开的一切……有人端茶来。十一点过了，我们二人仿佛都在打瞌睡。

午夜钟声过后，我开口说话了：

“我也一样，我打过猎……”

安棋尔似乎惊醒了，她问道：

“您！打猎！打什么？”

“打野鸭子，安棋尔。甚至还是同于贝尔一道，那是在从前……嗳，亲爱的安棋尔，有何不可呢？我讨厌的是枪，而不是打猎；我特别憎恶枪声。可以明确告诉您，您对我本人的判断有误。从性情来讲，我很活跃，只是器械妨碍我……不过，于贝尔总关注最新的发明，他通过阿梅代的斡旋，搞到一支气枪，给我冬天使用。”

“哦，从头至尾给我讲讲吧！”安棋尔说道。

“倒也不是，”我继续说道，“您想得出来，倒也不是特制的枪，那只能在大型展览会上见到；而且，那类器械贵得要命，我只是租了一支气枪；再说，我也不喜欢在家里保留武器。一个小气囊连动扳机，借助夹在腋下的一根胶皮管；手上则托着一个有点儿老化的橡胶球，因为那是一支老枪；稍一挤压橡胶球，铅弹就射出去了……您不懂技术，我也没法给您解释得更清楚。”

“您早就应该拿给我看看。”安棋尔说道。

“亲爱的朋友，只有特别灵活的手，才能碰这类器械，而且，我也对您说过，我绝不保留。况且，只猎了一夜，猎获得太多了，就足以彻底报销了橡胶球，我这就讲给您听听：那是十二月份的一个雾蒙蒙的夜晚。于贝尔对我说：‘走吧？’

“我回答说：‘我准备好了。’

“他摘下卡宾枪，又拿上诱鸟笛和长靴，我也带上枪；我们还带着镀镍的冰刀。然后，我们凭着猎人的特殊嗅觉，在黑暗中前进。于贝尔熟悉通往窝棚的路；那个隐蔽所位于多猎物的水塘附近，早已生了泥炭火，从傍晚起就用灰压住。不过，我们刚走出密布黝黯杉树的园子，就觉得夜色还相当清亮。一轮八九分圆的月亮，朦朦胧胧地透过漫天的薄雾。它不像常有的情况那样时隐时现，忽而隐匿于云中，忽而洒下清辉；这不是个骚动之夜，但也不是个平静之夜。这个夜晚显得湿重，寂静无声，还有待利用，处于‘不由自主’的状态——我这样讲也许您会明白。天空毫无异象，即使翻转过来也不会有惊奇的发现。平静的朋友，我一再这样强调，就是要让您明白，这个夜晚是多么平常。

“有经验的猎人知道，这种月夜野鸭最喜欢，会大批飞至。我们走近了水渠，看见枯败的芦苇之间水面平滑反光，已经结了冰。我们穿上冰鞋，一言不发往前滑行，但是越接近水塘，冰面越窄越污浊，掺杂着苔藓、泥土和雪，已经半融化了，也就越难滑行。水渠即将汇入水塘，冰鞋也终于妨碍我们行进了。我们又徒步行走。于贝尔进窝棚里取暖；但浓烟呛人，我在里面待不住……我要对您讲述的，安棋尔，是一件可怕的事！因为，请听我讲：于贝尔一暖了身子，就进入泥塘；我知道他穿着长靴和防水服，但是，我的朋友，他不是进入没膝的水中，也不是没腰，而是整个儿钻进水里！您不要抖得太厉害：他是特意那么干！为了不让野鸭发现，他要完全隐藏起来；您会说，这有点儿卑劣……对不对？我也这么认为；不过，正因为这样，才飞来大批猎物。一切安排妥当，我就坐在下了锚的小船里，等待野鸭飞近。于贝尔藏好之后，就开始呼唤野鸭，为此他使用两支诱鸟笛：一支呼叫，另一支应答。在远处的飞鸟听见了，听见这种应答：野鸭蠢极了，还以为是自己应声而答——既然应声了，亲爱的安棋尔，很快就飞来。于贝尔模仿得十分完美。野鸭群黑压压一片，像三角形乌云遮暗我们头上的天空，随着逐渐降落，鼓翼声也越来越响。我要等它们飞得很近时才开枪。

"不大工夫就飞来无数只，老实说我都不用怎么瞄准，每发射一次，只是稍微用点儿力挤压气囊而已，扣动扳机很容易，也没有多大声响，仅仅像万花筒焰火在空中爆开那样，或者更像马拉美先生一句诗中'Palmes'①之音。往往还听不见枪声，我不把枪靠近耳朵时，又望见一只鸟儿坠落才知道子

---

① 在法文中意为"棕榈叶状勋章"。

弹射出去了。野鸭听不见响动，就停留很长时间。它们在有泥水薄冰层的褐色水塘上盘旋，跌落下来，翅膀收不拢，挣扎中刮断叶子。芦苇掩藏不住，它们在死之前，还要逃往一处隐蔽的荆丛。羽毛则迟迟未落，在水塘上空飘动，轻轻地，宛若雾气……我呢，心中不免思忖：这到什么时候才算完啊？天蒙蒙亮时，最后残存的野鸭终于飞走了；忽然一阵鼓翅的喧响，最后垂死的野鸭才明白过来。这时，于贝尔满身叶子和泥水，也终于回来了。平底小船起了锚，拂晓前天光惨淡，我们用篙撑船，在折断的苇茎之间穿行，拾取我们猎获的野味。我打了四十多只；每一只都有一股沼泽味儿……喂，怎么！您睡着了，亲爱的安棋尔？”

灯油耗干，灯光暗下来；炉火奄奄一息，而玻璃窗则由曙光洗净。天空储存的最后一点希望，似乎抖瑟着降临……啊！但愿上天的一点点清露终于来润泽我们，但愿曙光终于出现，哪怕是透过雨季的玻璃窗，照进我们这么久打瞌睡的封闭的房间，但愿曙光穿过重重黑暗，给我们送来一点点天然的白色……

安棋尔还半打着瞌睡，听不见说话了，才慢悠悠醒来，讷讷说道：

“您应当将这写进……”

“……嗳！打住，留点儿情，亲爱的朋友……不要对我说，我应当把这写进《帕吕德》。首先，已经写进去了；其次，您也没有听，不过，我并不怪您，不，恳求您，不要以为我怪您。因此，今天我要高高兴兴的。曙光出现了，安棋尔！瞧哇！瞧瞧市区灰色的房顶，瞧瞧照到城郊的这种白色……难道……噢！多么灰暗啊，白耗了一夜，苦涩的灰烬，噢！思想，难道是你的单纯，曙光，不期然而透进来，要解救我们？玻璃窗上晨光如雨……不对……晨光中玻璃窗泛白……安棋尔，晨光也许会洗涤……也许会洗涤……

我们将出行！我感到鸟儿醉啦！

“安棋尔！这是马拉美先生的一句诗！我引用得不大好。诗中是单数，可是您也出行，哈！亲爱的朋友，我要带您走！旅行箱！快点儿；我要把背包装得满满的！不过，东西也不要带得太多，正如巴雷斯先生所说：‘箱子里放不进去的所有东西，全是无法忍受的！’巴雷斯，亲爱的，您了解，他是议员！噢！这里太憋闷了，我们打开窗户，您说好吗？我特别激动。快去厨房，一上路，真难说到哪儿能吃上饭。我们昨天晚餐剩下的四个面包、煮鸡蛋、香肠和小牛腰肉，统统带上。”

安棋尔走了，我独自待了片刻。

然而，这一刻，让我怎么说呢？为什么不能一视同仁对待下一刻呢：我们知道什么事情重要吗？在选择中多么傲气十足！以同样关注的态度看待一切，在情绪亢奋地出发之前，让我再冷静地思考一下。瞧啊！瞧啊！我看见什么啦？

——三个蔬菜商贩经过。

——一辆公共汽车始发了。

——一名看门人打扫门前。

——店主在更换橱窗里的样品。

——厨娘去菜市场。

——学生上学。

——报亭接收报纸,脚步匆匆的先生们买报。

——一家咖啡馆摆放餐桌……

上帝啊！我的上帝,安棋尔别在这会儿进来,我又潸然泪下……我想,这是冲动的缘故;每次列举一下,我就会这样。再说,现在我瑟瑟发抖！噢！看在爱我的面上,关上这扇窗户吧。早晨的空气冻得我发抖。生活——别人的生活！这样,就是生活？瞧瞧生活！然而,活在世上就是这样!!……还有什么可说的呢？喟然长叹。现在,我打喷嚏了;对,我的神思一停留,一开始凝注,我就要着凉。唔,我听见安棋尔来了,赶紧吧。

安棋尔

或出游

星期六

只记下旅途富有诗意的时刻，因为这种时刻更吻合我事前渴望的特点。

在拉我们去火车站的车上，我朗诵道：

> 瀑布周围山羊羔，
> 小山谷上架天桥，
> 落叶松树排成行……
> 松木杉木树脂香，
> 我们上坡脂香开，
> 一切全凭我想象。

“嘿!”安棋尔说道,“诗真美!”

“您这样认为,亲爱的朋友?”我对她说,“其实不然,其实不然,我可以明确告诉您;也不是说诗不好,诗不好……反正我觉得无所谓,即兴作的。不过,也许您说得对:这几行诗可能真的很好。作者本人从来说不准……”

我们到达火车站也太早了,待在候车室里,噢!这一候车,时间可真长。我坐在安棋尔身边,觉得应当对她讲点亲热的话:

“朋友……我的朋友……”我开口道,“您的笑容很温柔,但我看不大透其中的奥妙,也许来自您的敏感吧?”

“我也不知道。”安棋尔回答。

“温柔的安棋尔!我对您的评价,从来没有像今天这样好。”

我还对她说:“可爱的朋友,您的联想特别敏锐!”还讲些别的话,我想不起来了。

路两侧长满马兜铃属植物。

将近下午三点,莫名其妙,忽然下起一阵雨。

“顶多掉几个点儿。”安棋尔说道。

“亲爱的朋友,”我又问她,“这种让人摸不准的天儿,为什么只带一把阳伞?”

“这是把晴雨两用伞。”她答道。

不料雨下大了,而我又惧潮湿,我们刚离开压榨机棚又跑回去避雨。

只见褐色毛虫一只接着一只,排成长长的行列,缓缓从松树上端爬下来,而大步行虫蜷缩着,早就等在松树脚下了。

“我没有看见步行虫呀!”安棋尔说道(因为我指给她看,说了这句话)。

“我也没看见,亲爱的安棋尔,同样也没见到毛虫。”再说,季节也不对;然而这句话,能出色地反映我们旅行的印象,难道不是吗……

“这次短途旅行,我们倒也能长长见识,不过,泡汤了也还算幸运。”

“哦!您为什么这样讲?”安棋尔接口问道。

“嗳,亲爱的朋友,要知道,一次旅行所能提供给我们的乐趣,完全是次要的。旅行是为了学习……咦,怎么!您流泪了,亲爱的朋友?……”

“根本没有!”她回答。

“好啦!没关系。至少您眼圈儿红了。”

星期天

记事本上写道:

十点钟:礼拜。

去拜访理查德。

将近五点钟,和于贝尔一道去看望贫苦的罗斯朗日一家,以及善于掘地的小格拉比。

向安棋尔指出我开的玩笑多么严肃。

结束《帕吕德》。重要。

现在九点钟了。这一天的安排,我感到就像临终料理后事一样庄严。我用手轻轻托住头,写道:

“整个一生,我都会趋向一种更亮一点儿的光明。我见到周围,唉!一堆堆人挤在狭窄的屋里活受罪;一点儿阳光也照不进去;将近中午时分,减色的大牌子才带来点儿反光。而这种时刻在小街上,没有一丝风,溽暑熏蒸,毒太阳无处发散,烈焰集中射到墙壁之间,热得人发昏。见过这种炎炎烈日的人,就想到广阔的天地,想到照在水波上和平原庄稼上的阳光……”

安棋尔走进来。

我惊叹道:“是您!亲爱的安棋尔!”

她对我说道:“您在工作?今天早晨,您一副伤感的样子。我感觉到了。我就来了。”

“亲爱的安棋尔!……可是,请坐。为什么今天早晨我更伤感呢?”

“噢!您是伤感,对不对?您昨天对我讲的不是真话……这次旅行不像我们希望的那样,您不可能还感到高兴。”

“温柔的安棋尔!……您这话真叫我感动……不错,我是伤感,亲爱的朋友——今天早晨,我内心苦不堪言。”

“我就是来安慰这颗心的。”她说道。

“我亲爱的,不料我们又回到原来的状态!现在,一切就更可悲了。不瞒您说,对这次旅行,我期望很大,以为能给我的才华指出一个新方向。不错,旅行是您向我提议的,但是我想了多少年了。现在我看到又恢复的旧观,就更加明显地感受到我希望离开的一切。”

“也许,我们走得还不够远,”安棋尔说道,“不过。要去看大海怎么也得两天,而我们却要星期天回来做礼拜。”

“两件事碰到一起,安棋尔,我们考虑得还不周全。再说了,究竟走到哪里才行呢?不料我们又回到原来的状态,亲爱的安棋尔!现在回头再想想:我们的旅行多凄楚!‘马兜铃属植物’一词,多少表达了这种意思。在潮湿的压榨棚吃的那顿便餐,饭后我们默默无语,一个劲儿打哆嗦的情景,过很久您也还会记得。留下吧……整个上午就留在这里吧,噢!求求您了。我感到自己一会儿又要痛哭流涕。我似乎总随身带着《帕吕德》。《帕吕德》烦扰谁,也不像烦扰我本人这样……”

“您干脆丢下吧。”她对我说道。

“安棋尔!安棋尔,您还不明白!我把它丢在这儿,又在那儿找见,到处都能碰到;看见别人,也能引起我这种烦恼,这次小游也不可能使我解脱。我们耗损不掉我们的忧郁，我们每日重做昨天的事情，也耗损不掉我们的病症，除了我们自身别无耗损，我们每天都丧失一点儿力量。过去，延续多久啊！我怕死，亲爱的安棋尔。除了我们一做再做的事情，难道我们永远也不能将任何东西置于时间之外吗？终于有了不再需要我们就能延续下去的作品。然而，我们所做的一切，一旦我们不再经营了，什么也不会持续。反之，我们的所有行为却统统继续存在，成为负担。使我们不堪其负的，就是重复这些行为的必要性；这其中有什么奥妙，我就不得要领了。请原谅，稍等一下……”

我拿起一张纸，写道：“我们还得维持我们这些不再由衷的行为。”

我又说道：“可是，亲爱的安棋尔，明白吗，正是这事儿搅了我们的旅行……什么也放不下，心里总嘀咕：‘事情还撂在那儿呢。’结果我们就回来瞧瞧，是否一切正常。唉！我们生活多贫乏，难道我们就不会让人做任何别的事！任何别的事！而只能照样拖着这些漂流物……就连咱们的关系，亲爱的安棋尔，也是相当短暂的！要明白，正因为如此，咱们的关系才得以持续这么久。”

“噢！您这么讲可不公道。”她说道。

“嗳，亲爱的朋友，不对，不是这码事，不过，我一定要让您看到给人的枯燥乏味的印象。”

于是，安棋尔垂下额头，得体地微微一笑说道：

“今天晚上，我就留下。您说好吗？”

我嚷道：“噢！瞧您，亲爱的朋友！现在简直不能同您谈这些事了，一提起您就立刻……况且要承认，您并没有多强的愿望；再说，您这人很敏感，我可以向您肯定，有句话您还记得吧，我正是想到您才写的：‘她害怕欲望，把这看作十分强烈、可能会要她命的一件事。’当时您硬要对我说，这话太夸张了……不，亲爱的朋友，不，我们在一起可能会感到别扭；我甚至就此写了几行诗：

……
亲爱的，我们
不是那些繁衍
人类子孙的人。

“（余下的部分很感人，不过太长了，现在不宜引用。）再说，我本人身体也不怎么健壮，这正是我试图用诗表达的意思，而这几行诗（有点儿夸张），今后您会记得的：

然而你，身体最单弱者，
你能干什么？想干什么？
你这强烈的欲望，
究竟会给你力量，
还是让你守在家里，

生活得这样安逸？

“您一看就明白，我很想走出去……不错，接下来的诗句，情调更加忧伤，甚至可以说相当气馁：

你如出去，啊！当心什么？
你如留下，要受更大折磨。
死亡追命，死亡就在跟前，
二话不说，将带你下黄泉。

“……接下去与您有关，还没有写完。您若是一定要听……最好把巴尔纳贝请来！”

“噢！今天早晨，您真刻薄。”安棋尔说道。她随即又补充一句：“他身上的味儿熏人。”

“说的就是，亲爱的安棋尔；强壮的男人身上全有味儿。这正是我那年轻朋友唐克赖德要在这诗中表达的：

得胜的将领气味特别冲！

“（我知道，令您惊讶的，是诗中的顿挫。）唔，您的脸红得这么厉害！……我不过是要让您看清楚。啊！敏感的朋友，我本来还要让您注意，我开的玩笑多么严肃……安棋尔！我简直疲惫不堪！我忍不了多久就要哭泣了……喏，先让我口授几句话,您写下来,您写字比我快;而且,我边走边说更好一点儿。这有铅笔和纸。啊!温柔的朋友!您来得真好!写吧,写快点儿;况且,说的也是我们这次可怜的旅行:

“……有些人说出去,立刻就能出去。大自然敲他们的门:门外是辽阔的平原,他们一走到旷野,就把居所置于脑后,忘得干干净净。晚上要睡觉了,他们才又回到居所,很容易就找见了。他们若是有兴致,还可以露宿,将自己的住宅丢下一天一夜,甚至忘却好长一段时间。您若是觉得这很自然,那就是没有很好领会我的意思。对这种事,您更要感到诧异……我可以明确告诉您,就说我们吧,我们羡慕那些十分自由的居民,也是因为我们每次费力建造的安居的房子,总是同我们形影不离,一建起来就罩在我们头上,固然能遮雨,但是也挡住了太阳。我们在它的阴影下睡觉,也在它的阴影下工作、跳舞、相爱和思考;有时曙光非常灿烂,我们还以为能逃往清晨;我们也曾极力忘却,也曾像窃贼一样溜到茅屋下,我们不是为了进去,而是为了出去——偷偷摸摸地——跑向旷野。可是,房子在身后追赶,跳跃着跑来,犹如传说中的那口大钟,追赶企图逃避礼拜的人。我们头顶始终感到房舍的重量。我们要建造的时候,就已经扛起了所有材料,估计了总体的重量。房子压低了我们的额头,压弯了我们的肩背,如同海老人的全部分量压在辛巴德身上那样。开头还不大在乎,过一阵就很可怕了,仅仅凭着重量紧紧伴随我们,怎么也摆脱不掉。激发起来的所有意念,必须一直带到终点……"

"噢!"安棋尔说道,"可怜见的……可怜的朋友……您为什么要动手写《帕吕德》呢？多少题目可以写……甚至更富有诗意。"

"说的就是,安棋尔！写呀！写呀！(天哪！今天我到底能不能坦率？)

"您所谓多少富有诗意究竟指什么,我根本就弄不明白了。一个关在斗室里的人胸中的所有惶恐,身上感到幽深大海全部压力的打捞珍珠的渔民！以及一个要爬上来见见天日的矿工的所有惶恐,普劳图斯,或者推磨的参孙、推巨石上山的西绪福斯所经受的压迫,一国受奴役的人民所感受的窒息,且不说其他痛苦,就是这一些,我都统统领略过了。"

"您说得太快了,"安棋尔说道,"我跟不上了……"

"那就算了！别写了;您就听着吧,安棋尔！听着吧,因为,我心痛欲绝了。多少回啊,这动作我做过多少回,就像在噩梦中,我想象床铺的天盖脱落下来,压在我胸上,而我惊醒时几乎站立着,我伸出双臂,要推开无形的壁板,这种要推开人的动作,因为我觉得他靠得太近而受不了口臭,伸出双臂要撑住墙壁,因为墙壁逐渐逼近,或者又沉重又不牢固,在我们头上摇摇欲坠;这种动作,也是要甩掉特别沉重压在我们肩头的大衣。多少回啊,我感到憋闷,要呼吸点儿新鲜空气,做出打开窗户的动作,但是又无望地住了手,因为窗户一旦敞开……"

“您就得着凉吧?”安棋尔接口道。

“……因为窗户一旦敞开,我就看到窗外是院子,或者对着别家肮脏的拱形窗户,看到没有阳光、空气污浊的破院子,我一看到这种景象,就悲从中来,全力呼号:‘天主啊!天主啊!我们就这样被幽禁!’而我的声音又完全从拱顶返回来。安棋尔!安棋尔!现在我们怎么办呢?我们仍然力图掀开这一层层缠得紧紧的裹尸布,还是尽量习惯只保持微弱的呼吸,就在这坟墓中延续我们的生命呢?”

“我们从来也没有多生活一些,”安棋尔说道,“老老实实告诉我,人能够多生活一些吗?您从哪儿来的这种感觉,有一种更丰富的生活呢?谁告诉您这是可能的?是于贝尔吗?他那么折腾,就多生活了吗?”

“安棋尔!安棋尔!瞧瞧,现在我又禁不住哭泣啦!您总该理解一点儿我这惶恐不安的心情吧?也许,我终于给您的笑容增添几分苦涩吧?哎!怎么!您现在哭了。这很好!我真高兴!我行动啦!我要完成《帕吕德》!”

安棋尔哭着,哭着,长长的秀发披散下来。

恰巧这工夫,于贝尔进来了。他见我们披头散发,就要退出去,说了一句:“对不起!我打扰你们了。”

见他这样知趣,我很感动,不禁嚷道:

“进来吧!进来,亲爱的于贝尔!压根儿就谈不上打扰我们!”随即我又伤心地补充一句:“对不对,安棋尔?”

安棋尔答道："没有打扰，我们在闲聊。"

"我只是路过，"于贝尔说道，"想打声招呼。过两天我要动身去比斯克拉，我说服罗朗陪我一道前往。"

我顿时气愤起来：

"自负的于贝尔，是我呀，是我让他下这个决心的。当时我们俩从阿贝尔家出来，我对他说他应当去那儿旅行。"

于贝尔哈哈大笑，说道：

"你？嗳，我可怜的朋友，想一想吧，你到达蒙莫朗西就已经足够了！你怎么还敢说这种话呢？……再说了，有可能是你头一个提出来的；可是，请问，往人的脑袋里灌些念头，又顶什么用呢？你以为人有了念头，就会行动吗？让我实话对你说吧，你特别缺乏冲劲儿……你自己有的才能给别人。总之，你愿意同我们一起去吗？……不行吧？你看！怎么样？……那好，亲爱的安棋尔，再见，我还要去看看您。"

他走了。

"您瞧见了，温柔的安棋尔，"我说道，"我留在您身边；……不过，别以为这是因为爱……"

"当然不是！我知道……"她答道。

"……可是，安棋尔，哎呀！"我怀着一点希望嚷道，"快到十一点啦！嗯！礼拜的时间已然过啦！……"

她叹了口气，说道：

"那我们就去参加四点钟的礼拜吧。"

一切又恢复原状。

安棋尔有事走了。

我偶尔看一眼记事本，只见上面记了探望穷人这一条，就赶紧冲向邮局打电报：

“喂！于贝尔！穷人！”

我回来边等回电，边重读《小封斋讲道录》。

两点钟，我收到电报，只见上面写道：

“糟糕，详见信。”

这样一来，忧伤的情绪越发完全侵占我的心。

“因为，”我哀叹道，“于贝尔要走了，万一他六点钟来看我呢？《帕吕德》一完稿，天晓得我还能干点儿什么。我知道无论写诗还是戏剧……我都不大可能成功，而我的美学原则又反对构思小说。我已经想到重新拾起我那老题目《波尔德》，正好可以接续《帕吕德》，又不会同我唱对台戏……”

三点钟，于贝尔给我寄来一封快信，信上写道：“我那五户穷苦人家交给你照看；随后寄去名单和注意事项；其他各种事务，我托付给理查德和他的妹夫，因为你一窍不通。再见，我到那里会给你写信的。”

于是，我又翻开记事本，在星期一那页上写道：“争取六点起床。”

……下午三点半，我去接安棋尔；我们一道去奥拉托利修会做礼拜。

到了五点钟，我去探望我那穷苦人家。继而，天气凉下来,我回到家,将窗户关上;开始写作……

六点钟,我的挚友加斯帕尔进来。

他从击剑房来,一进屋就说道:

“咦!你在工作?”

“我在写《波尔德》……”我答道。

……

尾　声

噢！今日晨光多难，
多难一洗这片平原。

我们吹笛给您听
您却不听这笛声。

我们唱歌来伴舞
您该舞时不动步。

该当我们想跳舞
无人吹笛难移步。

既然处处不吉祥
我就更爱大月亮。

月夜犬吠声声哀
善歌蟾蜍唱起来。

明月无言洒清光
水清见底照池塘。

月亮融融赤裸体
清辉流泻无绝期。

我们赶羊无牧杖
赶着羊群回小房。

羊儿却要去赴宴
我们预言也枉然。

别人带着白绵羊
未去水槽去屠场。

我们就在沙滩上
建起易倒大教堂。

另一种解决办法

或者,再次前往,充满神秘的森林呦,一直走到我熟悉的地方;那里棕褐色的死水还在浸泡,泡软了陈年的叶子,几度明媚春天的叶子。

正是在那里,我的百无一用的决心,才能得到最好的休息,而我的思想也逐渐萎缩变小,最终变得微不足道。

忒修斯

一

我一生的经历，本来是希望讲给我儿子希波吕托斯听的，以便让他长些见识；不料他去世了，我还是要照样讲述。如果他在世，我就不敢像现在这样，叙述那几次艳遇：他特别害羞，在他面前我不敢谈论我的恋情。再说，那些恋情的重要性，仅仅表现在我的前半生，不过也至少教会了我认识自己，同我降伏的各种怪物没什么两样。因为，“首先要弄明白自己是什么人，”我对希波吕托斯说道，“然后才好从思想上接受并实际掌握遗产。不管你愿意不愿意，你同我当初一样，是个王子。这是事实，根本无法改变，也就必须承担义务。”然而，希波吕托斯不大在乎，比我在他这年龄时还不在乎，他也像我当年那样，优哉游哉，用不着了解那么多。我在天真烂漫中度过的少年的时光啊！无忧无虑地成长！我就是风，就是波涛。我就是草木，就是飞鸟。我并不停留在自身，同外界的任何接触，也绝没有向我启示外界在身上唤醒的情欲有多大局限。我在抚摩女人之前，先抚摩了果实、小树的嫩皮、海边的光滑石子、狗和马的皮毛。见到潘神、宙斯或忒提斯向我展示的一切美妙的东西,我都会勃起。

有一天,父亲对我说,不能像这样继续下去了。为什么呢? 还用问,就因为我是他儿子,我必须配得上他要传给我的王位……可是当时,我坐到清凉的草地上,或者灼热的沙砾上,就觉得非常舒服。然而,我不能说我父亲讲得不对。他举我本人的理由说服我,做得当然很好。我正是受此教益,后来才实现了我的全部价值;不管悠闲自在的状态多么惬意,我也停止了那种放任的生活。他教我懂得,任何伟大的、有价值的、流芳于世的业绩,不付出努力是得不到的。

我在他的劝导下,第一次做出了努力,就是翻动岩石寻找武器,他对我说波塞冬(希腊神话中的海神)将武器藏在了一块岩石下。他见我通过这种锻炼,力量增长得相当快,就总是哈哈大笑。这种肌体的锻炼,也倍加锻炼了我的意志。寻找毫无结果,附近一带的重石全移了位,我又要开始向宫殿门口的石板进击,他却制止了我,对我说道:

“武器不如掌握武器的手臂重要,手臂又不如指挥手臂的聪慧的意志重要。喏,武器就在这儿,我等到你能得心应手时才交给你。我感到从今往后,你有雄心壮志使用这些武器,也有赢得名誉的渴望,只用来从事高尚的事业,为人类谋幸福。你的童年时代过去了。做个男子汉吧。要善于向男子汉们表明,他们当中的一个有什么本领,打算有什么作为。世上有重大的事情可做。你要去争取。”

二

我父亲埃勾斯为人很好,特别有教养。老实说,我仅仅是他推定的儿子。有人对我说过这事儿,而我是伟大的波塞冬生育的。果真如此,我用情不专的性格,就是这位神传给我的。在女人方面,我从来就不能专一定情。有时碍于埃勾斯,我才收敛一点儿。但是,我感谢他的监护,也感谢他在阿提卡恢复了对阿佛洛狄忒的崇拜。我很遗憾一次不幸的疏忽导致他死亡;我冒险去克里特,吉凶难卜,说好如果得胜返回,船上就挂白帆,而我却挂了黑帆。人不可能全想到了。不过老实说,我若是扪心自问,会不会有意那么干,我还真不能保证那是一次疏忽。可以这么讲,埃勾斯挡我的路了,尤其是精通巫术的美狄亚插了手,她像埃勾斯自我感觉的那样,觉得他当丈夫有点儿老了,就出了个讨厌的主意,让他服药重返青春,那样一来,他就会阻碍我的前程,而照理每人都应当轮到机会。不管怎样,他望见船上挂着黑帆……我回到雅典得知他跳海自杀了。

我认为做了几件大好事,这是个事实:我从大地彻底清除了不少暴君、强盗和魔怪,清扫了一些连最大胆的人踏上都心惊肉跳的险径,也廓清了天空,以便让人额头不要垂得那么低,不要那么惧怕意外的事件。

必须承认,那个时期乡间并不太平。村镇分散,隔着广阔的荒野;连接村镇的道路很不安全,要经过茂密的森林、山间的隘道。有些地点十分险要,强盗盘踞在那里,杀人越货,至少也要勒索赎金才肯放人;而且鞭长莫及,任何警察都控制不了。强盗打劫,匪徒抢掠,再加上凶猛的野兽袭击,妖魔鬼怪作祟,结果一个失慎的人遭难,还真弄不清是吃了恶神的晦气,还是仅仅遭了人的暗算,弄不清像俄狄浦斯战胜的斯芬克司,或者柏勒洛丰战胜的蛇发女魔那样的怪物,究竟接近人还是接近神。凡是无法解释的,都带有神的色彩,恐怖的情绪扩散到宗教,以致英雄行为往往有渎神之嫌了。人要赢得的头几场最重要的胜利,就是降伏神。

人还是神,只需夺过武器,反过来对付他,就像我夺过埃皮达乌鲁斯的可悲的巨人柏里斐忒斯的狼牙棒那样,才能认为真正战胜了他。

至于宙斯的霹雳,我跟您说吧,人总有夺过来的时候,就像普罗米修斯夺过火那样。对,那是最后的胜利。不过,在女人方面,我总是喜新厌旧,这是我的优势,也是我的弱点。我摆脱了一个,只为了拜在另一个的长裙下,而且征服任何女人,无不自己首先被人家征服。庇里托俄斯说得对(啊!我和他相处多么融洽!),关键是不要让任何女人给吓住,别像赫剌克勒斯落入翁法勒(希腊神话中的吕狄亚女王,她接受要向神赎罪的赫剌克勒斯给她当三年奴隶)的怀抱那样。既然我向来不能也不愿割舍女人,每次追求新欢,我总在内心告诫自己:“去追求,但要往前走。”如果说有一个女人借口保护我,有朝一日企图用一根线捆住我,把我同她捆在一起,线固然很细,但是没有拉长的弹性,那个女人也正是……不过,现在还不是谈她的时候。

在所有女人中,安提俄珀最接近拥有我。她是亚马孙人女王,同她的属民一样只有一个乳房,但是无损于她的美貌。她训练赛马、格斗,肌肉发达结实,比得上我们的竞技力士。我同她搏斗过。她被我抱住,就像雪豹一样挣扎,没了武器就用指甲和牙齿,乱抓乱咬;她见我哈哈大笑(我同样没有武器),更是暴跳如雷,可又控制不住自己爱我。我从未拥有更为童贞的女子。我并不在乎后来她只用一个奶头喂她儿子,我的希波吕托斯。我正是要以这种贞洁,这种野性培养我的继承人。以后我还要讲述我终生的悼念。因为,生在世上还不够,还要不枉此生:必须传下去,必须做到后继有人,我祖父就一再对我这样讲。庇忒斯、埃勾斯,都比我聪明得多,庇里托俄斯也如此。不过,别人承认我通情达理,其余的随后而来,只要有好好干的意愿,而这种意愿从来没有离开过我。有一种勇气,也寓于我这体内,推动我去干些胆大包天的事情。我壮志凌云:我表兄赫剌克勒斯的丰功伟绩,我年轻时听人讲述,就急不可待了;我一直生活在特雷泽纳,要去雅典找我的推定的父亲时,也不管别人的建议多么明智,根本不愿意听,我知道走海路最安全,但我偏偏要走陆路,正因为陆路绕远，旅途凶险，才使我跃跃欲试，以便考验我的勇敢。自从赫剌克勒斯拜在翁法勒的脚下之后，形形色色的强盗都欣喜若狂，重又在那些地方逞凶肆虐。我长到十六岁了，可以一展身手。这次轮到我了。我兴奋到极点，心怦怦狂跳。我要安全干什么！我嚷道，要平坦的道路干什么！毫无荣耀的那种安逸，还有舒适、懒惰，我都嗤之以鼻。因此，我去雅典，就取道伯罗奔尼撒地峡，先考验一下自己，结果同时认识了自己的膂力和毅力，剪除了几个名副其实的凶恶的强盗，诸如：辛尼斯、柏里斐忒斯、普洛克路斯忒斯、革律翁（不对，这个是赫剌克勒斯除掉的，我想说的是刻耳库翁）。当时，我甚至出了点差错，误杀了斯库龙；他似乎是个大好人，非常真诚，又有一副热心肠，乐于帮助行路之人；可是这种情况，别人告诉我也太迟了，由于我刚刚把他杀掉，有人就干脆说他可能是个坏蛋。

我也正是在前往雅典的路上；在一片石刁柏丛中有了第一次艳遇。珀里戈涅身材修长而灵活。我刚杀了她父亲，但是我让她生了个大胖小子——墨拿利普，也算是补偿了。我无意久留，离去之后，就再也没有见到那母子二人。可见，我做过的事占据不了，也拖不住我，而还要做的事总能把我调走；在我看来，最重要的事情会接踵而来。

因此，我不会在琐碎的准备上过多耽搁，大不了花费一点点时间。然而，我面临一次令人叫绝的奇遇，连赫剌克勒斯都没有经历过。我要细细道来。

三

这件事的过程非常复杂。首先要交代一句,当时克里特岛很强大,由弥诺斯统治。他认定他儿子安德洛革俄斯之死,应由阿提卡国负责,便采取报复的办法,要求我们每年进贡七个青年和七个少女,据说是为了满足弥诺陶洛斯的食欲。弥诺陶洛斯那个怪物,是弥诺斯的妻子帕西淮同一头公牛交配生下的孩子。这些牺牲品的命运已经确定。

且说那年,我刚回到希腊。尽管命运放过了我(命运往往放过王子),我还是不顾父王的反对,要求算我一份儿……我无须享有特权,声称全凭勇敢来表明自己与众不同。我自有打算,要战胜弥诺陶洛斯,一举把希腊从被迫进贡的讨厌的义务中解放出来。再说,我也渴望了解克里特:那里盛产美妙而奇特的物品,源源不断地运到阿提卡。于是我启程,加入了另外十三人行列,其中有我的朋友庇里托俄斯。

三月的一天早晨,我们到达小镇阿姆尼索斯,这是附近岛国京城克诺索斯的港口,而弥诺斯就住在建在京城的王宫里。如果没有一场暴风雨阻隔，头一天傍晚我们就应该到达。我们一上岸，武装的卫士就围上来，缴下我和庇里托俄斯的短剑，还搜了身，确认我们没有带别的武器，然后才带我们去见特意率下臣从克诺索斯赶来的国王。老百姓蜂拥而至，争相挤上来围观。所有男人都光着上身。唯独坐在华盖下的弥诺斯穿着长袍，那是用一整块深红色布料做的，从肩头一直垂到脚面，波纹显得十分威严。他那赛似宙斯的宽阔的胸脯上，展示三串项链。许多克里特人也戴着项链，但是很粗劣，而弥诺斯的项链，却是由宝石和镂刻成百合花的金叶子组成。他坐在上方由两把斧钺护卫的宝座上，右手离身朝前伸去，握着同他一样高的金权杖，左手则拿着一枝三叶形花，类似他项链上的花朵，但是大得多，看上去也像金子的。他那金王冠上竖起一大扇羽饰，镶有孔雀羽毛、鸵鸟和翠鸟羽毛。他表示欢迎我们来到他这岛上，然后久久地打量我们，嘴角挂着带几分嘲讽的微笑，只因我们是来送命的。他身边站着王后和他女儿：两位公主。我很快发觉，大公主留意看我。就在卫士要将我们带走的时候，我看见她俯过身去，用希腊语对她父亲说道（声音很低，但是我的耳朵非常灵敏）："求求你了，饶过那个吧。"同时她还指了指我。弥诺斯又微微一笑，命令卫士将我的伙伴们押走。他面前只剩下我一人，就开始盘问我了。

我早已打定主意，要特别谨慎从事，一点儿也不透露我的高贵出身，也绝不透露我的大胆的计划，但事到临头我却突然觉得，既然我引起了公主的注意，那就不如开诚布公，而公开声明我就是庇忒斯的孙子，比什么都更能使公主贴近我，并博得国王的恩典。我甚至暗示，据阿提卡那里流传，我是伟大的波塞冬所生。弥诺斯听了这话，便郑重提出，为了澄清事实，等一会儿我必须经受波涛的考验。对此我满口答应，表示无论什么考验，我确信无往而不胜。我这种十足的信心，即使没有打动弥诺斯本人，至少也赢得了宫廷这些贵妇的好感。

"现在，"弥诺斯说道，"您立刻去用餐。您那些伙伴已经坐好等着您呢。您颠簸了一整夜，正像我们这里所说的，也该填填肚子了。您休息一下。傍晚时分，有一场隆重的竞技大会欢迎你们，我要请你们参加。然后，忒修斯王子，我们要带您去克诺索斯。您就睡在王宫里，同我们一起用晚餐，是一次家庭便餐，您不会有拘束之感，这些夫人也会很高兴听您讲讲先前的英雄事迹。现在，她们要去打扮一下，好参加盛会。到那里我们还会见面，考虑您这王子身份，而我又不愿意公开对您另眼看待，就安排您和您的伙伴们直接坐到王室包厢的下方，这样，您的伙伴们也借了您的光。"

欢迎会在朝向大海的巨大半圆形竞技场举行，吸引来大批观众，有男有女。他们来自克诺索斯、利托斯，甚至戈尔图恩，听说那儿很远，相距有二百斯塔德（古希腊长度单位，一斯塔德长 180 米）；还有的来自其他城市和周围的村庄，可见农村人口也特别稠密。我看什么都感到惊讶，无法形容我觉得克里特人多么陌生。阶梯看台坐不下,走廊和楼梯台阶都挤满了人。女人同男人一样多,大部分也都裸露着上身,只有少数几个穿着胸衣,还开得很低,照习俗将乳房露在外面:在此我得承认,觉得这种习俗实在不讲廉耻。男人和女人都穿着束身半短背心,扎着腰带,腰身束紧到了荒唐的程度,简直就像沙漏了。男人几乎一色棕褐肌肤,手上戴的戒指,腕儿上戴的手镯,脖子上戴的项链,几乎同女人一样多。女人个个都肌肤雪白。除了国王,以及他兄弟拉达曼堤斯、他的朋友代达罗斯,所有人的脸颊上都没有胡须。王后和公主的看台在我们座位的上方,居高俯瞰全场。她们展示着极其华丽的衣裙和首饰,每人都穿着镶边裙,在臀部下方奇特地撑开,再呈绣花荷叶边状,一直垂到穿着白皮靴的脚面。王后端坐在小看台正中,其豪华的服饰尤为引人注目;她袒臂露胸,肥乳上饰满了珍珠、珐琅和宝石;脸颊两侧垂下长长的发卷,额头则由一束束小发卷遮护。她长着一副贪食的嘴唇、上翻的鼻子,眼睛大而无神,目光酷似牛眼。一副金冠并没有直接戴在头发上,有一顶可笑的深色布帽衬在其间,并从金冠下探出来,高高翘起,尖端微微下弯,犹如额头长出的独角。她的胸衣前面一直袒露到腰带,从后背连上去,领子呈大喇叭口状。裙子在她周围展开,乳白色衬地儿有三排绣花十分悦目:一排蓝蝴蝶花,一排番红花,靠裙摆底边一排是带叶儿的紫罗兰。我坐在正下方,可以说只要回头一仰望,就不禁赞叹那裙子颜色的搭配、图案的美观,还要赞叹那做工的精细。

大女儿阿里阿德涅坐在母亲的右边，正在指挥斗牛。她的服饰不如王后那样华丽，衣裙颜色不同，同她妹妹一样，裙子上只绣了两排图案：上一排是狗和鹿，下一排是狗和山鹑。坐在帕西淮左边的淮德拉，年龄显然小得多，还是玩铁环儿的孩子，还有更小的孩子，正蹲在下面弹球玩。她带着童稚的乐趣观看表演。至于我，新鲜的东西太多，令我目不暇接，惊叹不已，也就不大留意表演，但是在合唱、跳舞、角斗相继表演之后上场的杂技演员，动作非常惊险，却又十分敏捷、迅疾而灵活，也着实出乎我的意料。我本人很快就要同弥诺陶洛斯较量，能观看他们的假动作、把公牛遛得疲惫而晕头转向的腾挪闪跳，倒也受益匪浅。

四

阿里阿德涅向最后一名获胜者授了奖，弥诺斯便由朝廷官员簇拥着，宣布竞技表演结束，并叫我单独来到他身边。

“忒修斯王子，”他对我说道，“现在我要带您去海边，要您接受考验，考验您是否如您刚到时所说的，果真是海神波塞冬的儿子。”

于是，他带我走到浪涛拍击崖脚的岬角的岩石上。

“我这就将王冠抛进波涛里，”国王说道，“以便向您表明，我相信您能从海底给我捞上来。”

王后和两位公主都在场，渴望观看这次考验；因而我受到鼓舞，提出异议：

“难道我是条狗吗，要给主人叼回一件物品，哪怕是一顶王冠？无须诱饵，让我潜入海中，给您捞上点儿什么，足以证明我的身份。”

我的胆子越发大了。当时起了风，刮得还相当猛，恰巧掀起阿里阿德涅肩头的一条长披巾，并朝我刮来。我微笑着一把抓住,就好像是公主或神灵赠给我的。我立刻脱掉穿着显得缩头缩脑的紧身外衣,将披巾缠在腰上,再从大腿之间拉到前面系好。这看似顾些羞耻,绝不在这些夫人面前展示我的阳物,但是我这样做,就能掩饰我挂在皮带上保存的钱袋。不过,钱袋里装的并不是钱币,而是从希腊带来的几颗宝石,因为我知道无论到什么地方,这些宝石都会完全保值。

我这才深吸一口气,扎进水中。

我扎入水中,趁势潜得相当深,从钱袋里取出一颗玛瑙和两颗绿玉髓,才又浮出水面。我回到岸上,极其殷勤地将玛瑙献给王后,将绿玉髓献给两位公主,佯装是从海底带上来的,更确切地说(因为在我们陆地都十分珍稀的宝石,不大可能同时在海底找到,况且我也没有时间挑选),佯装是波塞冬亲自交给我的,让我敬献给这些夫人,从而比考验还能更有力地证明,我是神种,并受神的宠爱。

随后,弥诺斯便将我的剑还给了我。

过了一会儿,我们就乘车去克诺索斯了。

五

我疲惫到了极点，见到王宫宽阔的庭院、带扶手的巨大楼梯，以及曲折的走廊，丝毫也没有惊讶的反应了，任由举着火炬的尽心尽力的仆人引我上三楼，直到给我准备的客房。房中点着好几盏灯，他们只留一盏，将其余的几盏吹灭，便退出去了。我们乘车走了一整夜，凌晨才到达克诺索斯；在漫长的旅途上，我虽然睡了觉，但是一躺到芳香的软榻上，我就沉沉睡去，直到傍晚才醒来。

我根本算不上以四海为家的人。来到弥诺斯的宫廷，我头一次领悟自己是希腊人，不免有客居异乡之感。各种新奇的事物：风俗习惯、言谈举止、家具（在我父亲那里，陈设就很简单）、器物及其使用方法，我见了无不感到惊讶。周围如此文雅讲究，我自惭形同野人，越惹人笑话就越显得笨拙。我吃饭时习惯用手抓起食物送到嘴里，而这些轻巧的金属或镂金叉子、这些用来切肉的餐刀，我使用起来就觉得比最重的武器还要沉。大家的目光都集中到我身上；我应该交谈，却更加显得笨嘴拙舌。神啊！我感到自己多么局促不安啊！我一向独来独往施展本领，这是头一回同这么多人打交道，不再是以勇力搏斗并战而胜之，而是要讨人喜欢，这方面我真是一点也不摸门儿。

晚餐我坐在两位公主之间。主人对我说，这是家庭便宴，不拘礼节。的确，餐桌上只有弥诺斯和王后、国王的兄弟拉达曼堤斯、两位公主和她们的弟弟格劳科斯，此外没有邀请任何客人，唯独小王子的希腊文教师是个例外：他刚从科林斯归来，主人甚至没有向我介绍。

他们求我用自己的语言（他们全都能听懂，讲得也很流利，只是稍微带点儿口音），讲讲我的所谓英雄事迹。我讲述如何以其人之道还治其人之身，以普洛克路斯忒斯对待行人的方式来对待他，把他的个头儿高出我的一截削掉，我很高兴小淮德拉和格劳科斯听了狂笑不止。不过，大家讲话都很有分寸，避而不谈我为何来到克里特，佯装只把我看作一名过客。

这顿家宴自始至终，阿里阿德涅都在台布下用膝盖挤我；然而，尤其小淮德拉散发的热气令我心慌意乱。可是，坐在我对面的王后帕西淮，那直勾勾的目光像要把我活活吞下去；而坐在她旁边的弥诺斯，嘴角却始终挂着微笑。唯独黄色大胡子拉达曼堤斯脸色有点儿难看。吃完了第四道菜，他们二人说是要离席，便离开了餐厅。到后来我才明白他们这话是什么意思。

我晕船还没有完全好，这顿饭吃得又多，喝得更多，给我满上的各种果子酒和烧酒，全喝下去了，结果我很快就晕头转向了，因为平常我只喝水或掺水的果子酒。眼看就要失态了，我趁着还能站起身来，便请求出去一下。王后立刻带我去她的寝宫隔壁的小卫生间。我大大地呕吐了一通，然后去寝宫找她。她坐在沙发床上开始同我谈话。

"我的年轻朋友……"她说道，"您允许我这样称呼吧，赶紧利用我们俩单独在一起的机会。我并不是您所以为的样子。但也绝不怪您；其实您这人非常可爱。"她一再强调她的话只对我的灵魂，或者我不知道的什么内心讲，可是同时，她的手也不闲着，先抚摩我的额头，再探进我的紧身皮衣里，抚摩我的胸脯，仿佛要确信我在她眼前是实实在在的人。

"我不是不知道您的来意，也就力图防止出差错。您的杀气很重，来同我儿子拼个你死我活。别人怎么讲他，我不得而知，也不想知道。噢！不要听而不闻我内心的呼声！别人叫他弥诺陶洛斯，也一定向您描绘过，不管他是不是怪物，他毕竟是我儿子。"

话讲到这地步，我认为应当说明一下，我对怪物也不乏兴趣；可是她不听我的，径直讲下去：

"请理解我：我的禀性有狂热信仰的倾向，独独崇爱神灵。可是要知道，事情难就难在根本弄不清神自何处始，到何处终。我经常拜访我的表姐勒达。对她来说，神曾附在一只天鹅身上。因此，弥诺斯也理解我的愿望，要给他生个神种做继承人。然而，如何分辨神播的种子可能存于兽体呢？如果说事后，我只能哀叹自己的过错——我完全感到，对您这样讲，就是剥夺了您这事儿的崇高性——不过我向您保证，忒修斯啊，在当时的确是神圣的。您要知道，我那公牛不是一头寻常的牲畜，那是波塞冬赠送的，作为我们燔祭时给他的祭品；可是，那头牛好看极了，弥诺斯狠不下心来牺牲掉，这就是为什么，神要通过我的欲念进行报复了。您也必定知道，我的婆母欧罗巴，当年就是被一头公牛劫走的。那公牛是宙斯的化身，他们的结合生下了弥诺斯。也正是这个缘故，公牛在他的家族始终备受尊敬。我生下弥诺陶洛斯之后，看见国王皱起了眉头，就只需对他说一句：看看你母亲！他就不能不承认我必是弄错了。他是个智者，认为宙斯任命他和他兄弟拉达曼提斯为判官。他主张必须首先理解才能很好评断，想到他本人或者他的家庭经受一切考验之后，他才能成为好判官。这对他的家人是个很大的鼓舞。他的子女、我本人，我们个个从不同的方面，以各自独特的过错来促进他这种生涯。弥诺陶洛斯也同样；只是不知道而已。因此我来请求您，忒修斯，恳切地求您，不要极力伤害他，倒是要同他连成一气，以便消除误会，而这种误会使克里特和希腊对立，极大地损害我们两国的利益。”

她这样讲着，也逼得越来越紧，再加上酒气上头，从她的胸衣里又随同她的乳房冒出浓烈的气味，结果弄得我极不舒服。

“还是回到神性上来吧，”她继续说道，“必须时时回到这上面来。您本人，您本人，忒修斯啊，您怎么能感觉不到有神附体呢？”

使我为难到了极点的，还是阿里阿德涅在等我：这个大女儿，真是异常美丽，但还不如妹妹那么令我心慌，我是说阿里阿德涅，在我酒食不适之前，她就又打手势又说悄悄话，让我明白一吃完饭，她就在花园平台等我。

六

好一个平台！好一座宫殿！令人陶醉的花园悬在半空，在月光下不知在等待什么！时值三月，暖融融已有春意。我刚一回到户外，不适之感就涣然冰释。我这个人在室内待不惯，需要畅快地呼吸。阿里阿德涅朝我跑来，热乎乎的嘴唇一下子就贴到我的嘴唇上，而且来势甚猛，带得我们二人都站立不稳了。

“走，”她说道，“我并不在乎别人看见我们，不过要谈话，我们最好还是到笃褥香树下去。”

她拉着我下了几个台阶，朝花园一处草木更加茂密的地方走去；那里树木高大，遮住了月光，但是挡不住月亮在海面的反光。她改了一身打扮，换下带裙环的裙子和有胸撑的胸衣，穿了一件轻飘飘的连衣裙，能让人感到里面光着身子。

“我想象得出来我母亲对你讲了些什么，”她开口说道，“她疯了，完全丧失了理智，她的话你不要放在心上。首先一点：你来此要冒很大危险。我知道，你前来与我那同母异父的兄弟弥诺陶洛斯搏斗。我讲这事儿是为了你的利益;你要仔细听我讲。我确信你一定能战胜他,只要看看你的样子就无可怀疑了。(你不觉得这像一句好诗吗?你对此敏感吗?)然而,怪物住在迷宫里,到现在为止,谁进去也未能出来;你也走不出来,如果你的情人不来帮一把,你也不可能走出迷宫,而这情人就是我,即将是我。你想象不出,那迷宫有多复杂。明天,我把你引见给代达罗斯,他会告诉你的。迷宫是他建造的,可是就连他也认不清路线了。他会向你讲述,他儿子伊卡洛斯如何冒险进去,凭借翅膀飞起来才得以脱身。可是这种方法,我却不敢建议你采用,那太冒险了。你应当马上明白,你唯一成功的机会,就是永远也不要离开我。你我之间,从今往后,就应当生死与共。你也只有借助我,只有通过我,只有以我为化身,才可能走出迷途,重见天日。这是不容讨价还价的。你若是丢下我,那就自找倒霉。因此,你第一步就要得到我。"此话一出口,她就毫无保留地献身给我,投入我的怀抱,紧紧搂住我,一直到清晨。

老实说,我觉得这段时间挺长。我向来不喜爱居所,哪怕是在欢乐的怀抱里,一旦新鲜劲儿过去,我就一心想脱身了。随后她对我说:"你答应我了。"我什么也没有答应,还特别坚持我行我素。我要对得起我自己。

尽管我醉醺醺的,观察力锐减,我还是觉出她的保留部位很容易进入,无法相信我是先驱者。这一留意非同小可,我就有了充分权利,以后好摆脱阿里阿德涅。此外,她那种温柔甜蜜,很快也让我无法忍受了,忍受不了她那永远相爱的旦旦信誓,忍受不了她送给我的那些滑稽可笑的亲昵称呼。我一会儿是她唯一的小狗,一会儿是她的金丝雀,一会儿是她的狮子狗,一会儿是她的小猛禽,一会儿是她的小乖乖……我讨厌这些小爱称。而且,她过分沉迷于文学。“我的小心肝儿,”她对我说道,“蓝蝴蝶花刚刚开放,很快就要凋谢。我知道什么都不久长;不过,我只考虑现时。”她还说:“我离不开你。”我听了这话,就只想离开她了。

“这事儿,你父王会怎么说呢?”我问过她。她当即回答:“弥诺斯嘛,我的宝贝儿,他什么都忍得下。他认为最明智的就是承认无法阻止的事物。我母亲同公牛出了那件风流案,他没有责难,仅仅说了一句:您这么做,我实在领会不了。这是我母亲同他解释之后,向我复述的。他还补充说:木已成舟,什么也改变不了事实。他也会以同样的态度对待我们的事儿。大不了,他将你赶走,那有什么关系,反正你去哪儿,我就跟到哪儿。”

这我们就走着瞧吧,我心中暗道。

我们随便吃了点儿饭,我就求她带我去见代达罗斯;一见面我就说要同他单独谈谈,阿里阿德涅让我以波塞冬发誓,一谈完就去王宫找她,这才肯丢下我。

七

代达罗斯起身迎接我。我走进不大明亮的房间时,他正埋头审阅摊在面前的书板和图表,周围还堆了大量的奇形怪状的器具。他身材修长,年事虽高却不驼背;银须飘然,比弥诺斯的胡子还长,不过,弥诺斯的胡须仍然是黑色的,而代达罗斯则一脸黄胡子。他的额头很宽,被一道道深深的横纹切断。眉毛浓密纷披,在他低头时就半遮住眼睛。他说话语调缓慢,声音深沉,看得出来他沉默是为了思索。

他首先祝贺我的英勇行为,说他虽然隐居而远避尘嚣,却也有所耳闻。他还说看我有点傻乎乎的,他不大看重武功,而人的价值也不体现在胳臂上。

"当年,我没少见在你之前的赫剌克勒斯。他相当愚蠢,除了英勇,从他身上得不到任何别的东西。不过,当初我在他身上,现在又在你身上品出来的,就是忠于职守、勇往直前的一种精神,甚至还受鲁莽的驱使,先战胜人人皆有的胆怯情绪,进而才战胜对手。赫剌克勒斯比你踏实,也更用心把事情做好，但是有点儿郁郁寡欢，尤其每次完成壮举之后。而在你身上，我喜爱的就是这种欢快，你这一点有别于赫刺克勒斯。我会称赞你绝不为思想犯难。那是别人的事儿，他们不行动，但是为行动提供漂亮而恰当的理由。

“你清楚我们是表亲吧？我也同样（不要告诉弥诺斯，他什么也不知道），我是希腊人。可惜我不得不离开阿提卡，只因我和我的侄儿有了分歧。我侄儿塔洛斯同我一样，也是雕刻家，但他是我的竞争对手。他赢得了民众的好感；就在于他做的神像要固定在基座上，不能移动，保持庄严而呆板的姿态；我则不然，将神的肢体解放了，从而把我们拉近了神。多亏了我，奥林波斯山重又与大地为邻。此外，我也要通过科学，让人也类似神。

“我在你这年龄时，尤其渴望增长知识。很快我就确信，人没有工具，光凭力气成不了事，或者成不了大事，俗谚说得对：器具胜过气力。没有父亲交给你的武器，你肯定降伏不了伯罗奔尼撒或阿提卡的强盗。因此我想，只有改进武器，我的工作才更有意义，而我要做到这一点，也必须首先掌握数学、机械和几何知识，至少像埃及人那样掌握并充分利用知识，也像他们那样从教育过渡到实践，我还必须了解不同物质的性能和特点，即使那些看似没有直接用途的物质，人有时会出乎意料地发现其特殊的功能，正如发生在对人的认识上。我的学识就这样扩展和强化了。

“接着，我又去访问遥远的国度，了解其他的行业和技艺，了解其他的气候、其他的植物，向外国学者学习，只要还有可学的东西就绝不离开他们。然而，我无论去何地，无论在哪里停留，始终还是个希腊人。也正是因为我知道并感到你是希腊的儿子，我的表弟，我才对你产生兴趣。

“我回到克里特，便同弥诺斯谈了我的学习和旅行，又向他介绍了我构思的一项计划，如果他愿意，并且提供给我财物的话，我就仿照我在埃及美利斯湖畔赞赏过的一座迷宫，以不同的设计，在王宫附近建造一座。当时，弥诺斯恰巧碰到一件尴尬事，王后生下一个怪物，他不知道如何安置弥诺陶洛斯，但认为最好隔离，避开公众的耳目，于是他请我设计一座建筑物，配以一系列没有围栏的花园，不用特意囚禁，却能留住怪物而不可能逃出去。我便精心设计建造，施展我的学识。

“然而我认为，世上就没有狱卒能防住执意要逃走的人，也没有大胆和决心跨越不过去的高墙深沟，因此我就想，要想把弥诺陶洛斯留在迷宫，最好的办法绝不是使其不能（要很好理解我这话），而是使其不愿意出去。为此我集中了能满足各种欲念的东西。弥诺陶洛斯的欲念既不多也不复杂；不过，还要考虑所有人，可能进入迷宫的任何人。削弱直至消除他们的愿望也很重要，尤为重要。为了提供这种效用的东西；我将药茶制成软糖，掺在酒中给他们食用。但是这还不够，我又找到更好的办法。我曾注意到，一些植物扔进火里焚烧，就会冒出半麻醉的烟，我认为用在迷宫里极妙，能不折不扣地达到我所期待的效果。于是我提供燃料,保持炉火日夜不熄。炉中飘逸出来的浓烟,不仅作用于意志,还令人昏昏欲睡,能制造一种令人销魂的迷醉,让人产生种种惬意的错觉,引导大脑徒劳地活跃,沉迷于欢畅的幻觉中;我讲徒劳的活跃,就因为除了想象的东西毫无结果,只是经历了一场虚幻,或者一场不连贯、不合逻辑也不坚定的思辨。呼吸这种烟雾的人,反应各不相同,每人头脑都开始紊乱,可以这么说吧,每人都迷失在各自的迷宫里。对我儿子伊卡洛斯而言,头脑紊乱是超感觉的。对我来说,则出现巨大的建筑群:宫殿重重叠叠,走廊、楼梯错综复杂……不过,正如我儿子不着边际的推论那样,全都通向一条死路,通向一个神秘的'此路不通'。然而,最令人惊奇的,还是那种香气,人只要闻上一段时间,就再也离不开了;肉体和精神对这种麻醉都上了瘾,一脱离麻醉状态,就觉得现实没有趣味,反而不愿意回到现实中来了,这一点也有作用,尤其这一点,能把人拖在迷宫里。我了解你的愿望,要进去收拾弥诺陶洛斯,所以警告你。这种危险,我对你讲了这么长时间,就是要让你当心。你独自一人脱离不了险境,必须有阿里阿德涅陪伴。不过,她必须停在门口,绝不要吸入那种烟气。关键是你被迷倒的时候,她要保持清醒。你哪怕迷醉了,也要善于把持住自己:这是关键的关键。你光有意志也许还不够(因为,我跟你说过,那种烟气削弱你的意志),我想出一个点子:把阿里阿德涅和你用一根线连起来:这是触摸得到的职责的形象表现。你离开之后，这根线将允许你，迫使你回到她身边。不管迷宫多有魅力，陌生的东西多么吸引人，也不管你的勇气多么冲动，你也务必保持坚定的决心，不能扯断这根线。回到她身边；否则，此后的一切、最好的追求都要付之东流。这根线将把你同过去连起来。回归过去。回归你自身。须知没有什么来自什么，而你将来的一切，就是依赖你的过去，依赖你现时的状态。

“我对你若是兴趣不大，也就不会跟你谈这么久。不过，在你走向自己的命运之前，我还想让你听听我儿子是怎么说的。你听他讲讲你要冒的危险，就会更明白了。尽管他靠了我，得以逃脱迷宫的魔力，但是遗憾的是，他的头脑还一直受那种魔力的影响。”

他走向一道矮门，撩起门帘儿，声音提得很高，说道：

“伊卡洛斯，我亲爱的孩子，过来对我们讲讲你的惶恐不安吧，或者，干脆还像你独自一人那样，继续自言自语，既不要管我，也不要管我的客人。你说你的，就当我们不在眼前。”

八

我看见进来一个跟我年龄相仿的青年，在昏暗中觉得他相貌极美。他那长长的金发卷儿披到肩头。他的目光发直，似乎不会注视任何物品。他的整个上身几乎赤裸，只穿着紧紧箍身的铁胸甲；下身有一块深色缠腰布，看似皮革的，裹住上半截大腿，由一个奇特的大花结系住。我的视线被一双白皮靴吸引过去，看样子他准备出行；然而，唯独他的思想在行进。他仿佛没有看见我们，无疑还在继续他那思辨的行程，口中念念有词：

"究竟谁起始：男人还是女人？永恒难道是女性？各种各样的形体，你们是哪个伟大的母腹生出来的？而多产的母腹，授孕者又是谁？无法接受的二元性。在这种情况下，神，就是孩子。我的思想拒绝分割神。我一同意分割，就等于赞成斗争。谁有诸多神，谁就有战争。没有诸多神，只有一个神。一个神统治，天下就太平。在这唯一中，一切都自行化解，自行调和。"

他停顿了片刻,继而又说道:

“要想标明神圣,人必须压缩和限定。神完全是分散的。分成诸神。前者是无限的,后者是局部的。”

他又沉吟一下,接着又说道,但是语气有些喘息和惴惴不安:

“可是,这一切的道理是什么?是明澈的神吗?多少艰难困苦,多少努力奋斗的理由。奔向什么?生存的理由吗?寻求万物存在的理由吗?如果不是奔向神,那又奔向什么呢?如何确定方向?到何处停止?什么时候能够说:但愿如此,一切到此为止?从人出发,如何能达到神?如果我从神出发,又如何达到我自身。然而,一如神造就我这样,难道神不是人创造的吗?我的思想就是要停留在道路的交叉点,停留在这个交叉点的中心。”

他住了口,过了片刻又说道:

“我根本不知道神始于何处,更不知道神止于何处。进而言之,我若是讲神永无休止地起始,大概会更好地表达我的想法。噢!因此我多么讨厌‘因此’‘因为’‘既然’啊!……多么讨厌推理、演绎。我从最美妙的三段论中,也仅仅得出我放进去的前提。我若是放进去神,就重新得到神。我放进去才能得到。我踏遍了逻辑的所有道路。我在水平面上已经游荡够了。我在爬行,现在我要飞起来,脱离我的影子、我的粪便,抛掉过去的负担!蓝天吸引我,诗意啊!我感到被上天吸上去。人的思想啊,你升到多高,我也要上去。我父亲是机械专家,能向我提供办法。我要独自前往。我有这个胆量。我承担后果。否则,就冲不出去。美妙的思想,陷入错综复杂的问题中,为时太久了,你要冲上没有划定的路上。我不知道拉我投入的这种吸引力是什么;但是我知道终点只有一个,就是神。”

说罢,他就离开我们,一直退到门帘儿,撩起来走进去,又放下了。

“亲爱的孩子,真可怜,”代达罗斯说道,“他念念不忘自己再也逃不出迷宫了,殊不知迷宫就在他自身。我应他的请求,为他制造了能飞起来的翅膀。他认为大地上的路全已堵死,别无出路,只能上天了。我了解他有神秘主义的倾向,萌生这种渴望也不奇怪。餍足不了的渴望,你听他所讲的就明白了这一点。他不顾我的告诫,想飞得很高很高,过早地耗尽了气力,结果坠入海中,淹死了。”

“这怎么可能?”我不禁高声说,“刚才我还看见他活着呢。”

“对,”代达罗斯又说道,“刚才你看见他,觉得他还活着。然而他死了。讲到这里,忒修斯,我倒有点儿担心,你的思想虽是希腊型的,也就是说敏锐,向所有真理敞开,也难以跟上我的思路。因为就连我本人,不瞒你说,我也花了很长时间,才明白和接受这一点:我们每人不是单纯地度过一生;到最终过秤时,不会判定灵魂没有什么分量。在人生这个层次上,人人在这段时间发育成长,实现自己的命运,然后死去。可是在另一个层次上，连时间也不复存在了，那是真正的永恒：人的每个举动，无不按其特殊的意义记录在案。伊卡洛斯，早在生前就是，死后依然是他在短暂的一生所体现的人类不安、探索、诗意的飞升的形象。他按规矩赌完了自己的一局，但是没有停留在自身。有些英雄也如此。他们的行为在持续，由诗歌、艺术接续下去，变为一种持久的象征。正是这个缘故，猎户阿里翁，在盛开阿福花的乐土上，还在追逐他生前猎杀的野兽，而他的星座连同他的肩带，已经在天上永存了。同样是这个缘故，坦塔罗斯要永久忍受饥渴；西绪福斯不断推那不断滚落的巨石，也达不到山顶，那正是他当科林斯国王时劳神忧心的巨石。因为，要知道，在地狱中没有别种惩罚，只是周而复始地去做生前未完成的行为。

“这完全类似动物界：每个动物尽管死去，其种类却保持自己的形体和习性，丝毫也没有退化和减损，只因动物中谈不上个体。然而，人类则不同，个人，独自一个有其重要性。弥诺斯就是这样，他在克诺索斯的生活方式，从现在起就为他任地狱判官做准备。帕西淮、阿里阿德涅也都很典型；任由命运裹卷而去。而你本身，忒修斯啊，不管你显得多么无忧无虑，或者自认为如此，你也像赫剌克勒斯、伊阿宋或者珀耳修斯那样，逃不脱塑造你们每个人的命数。

“不过要知道（既然我的目光掌握了洞视现时和未来的本领），要知道你还要成就大事，而且是在你过去的英雄行为以外的领域；等到将来，比起那种事业，你的这些英雄行为就如同儿戏了。你要创建雅典,让那成为思想统治之地。

“因此,你经过激烈搏斗获胜之后,无论在迷宫里,还是在阿里阿德涅的怀抱中,都不可久留。继续往前走。要把懒惰视为背叛。直到你的命运达到尽善尽美了,才可以在死亡中寻求安歇。只有超越表面的死亡,由人类的认同再造之后,你才能永世生存。不要停留,往前走,城邦的勇敢的统一者,继续赶路吧。

“现在,你听着,忒修斯啊,要记住我的告诫。毫无疑问,你不用费力就能战胜弥诺陶洛斯,因为,若是把他看透了,他并不像别人以为的那样可怕。有人说他杀人吃人,那么请问,公牛从什么时候起只啃青草啦?进入迷宫容易,而出来则比什么都难。只有先迷失而后才复归,概莫能外。但是,身后没有留下足迹,你要回头出来,就必须用一条线把你同阿里阿德涅连在一起。我给你准备了几个线团,你随身带着,一边走一边放,一个线团用到头,就接上另一个,千万不要断了,返回时再缠起来,一直到阿里阿德涅握着的一端。不知道为什么我这样强调,其实这再简单明白不过了。难就难在坚持到底,返回的决心不可动摇;而迷宫的香烟及其散播的遗忘、你本人的好奇心,所有一切都竞相削弱你的决心。这一点我对你说过,没有什么可补充的了。这是线团。再见。”

我同代达罗斯分手,便去找阿里阿德涅。

九

正是在线团这事儿上,阿里阿德涅和我第一次发生争执。她要我把代达罗斯给我的线团交给她,保存在她怀里,硬说缠线和放线是女人的事儿,她又是把好手,不愿意让我去做,而其实呢,她这样不过是要主宰我的命运,这是我绝不肯答应的。我还能猜想到,她放线让我远离开她,也是迫不得已,她不是牵住线,就是往回拉,就会妨碍我痛痛快快地前进。尽管她使出女人的最后一招,流下眼泪,我还是顶住了,深知只要开始让给女人一根小手指,那么整条胳膊,乃至全身就都赔进去了。

这线既不是麻的,也不是毛的,而是代达罗斯用人所不知的材料做的,我甚至用我的利剑试了试,想割下一小段却根本办不到。我将这把利剑留在阿里阿德涅的手中,决意(按照代达罗斯对我讲的,器械为人提供了优势,我没有器械就不可能战胜怪物),我要说,决意单凭自己的膂力同弥诺陶洛斯较量。我们到达迷宫门口,看见门楣上装饰有克里特到处可见的双斧，我要求阿里阿德涅一步也不得离开。她执意亲自动手，将线的一端系在我手腕上，并说打的是夫妻结；接着，她又把嘴唇贴在我的嘴唇上，吻的时间给我的印象十分漫长。这要延误我的行程。

我那十三名男同伴以及女同伴，在我之前走了，其中包括庇里托俄斯；我赶到头一个厅室就找见他们：他们中了香烟之毒，已经完全痴呆了。我忘记讲了，代达罗斯除了给我线，还给了我一块浸有高效解毒剂的布，嘱咐我千万用它堵住嘴。在迷宫门口，阿里阿德涅还亲手将布团塞进我口中。我几乎不怎么呼吸，也多亏了解毒布团，我在迷人的烟气中，才能保持清醒的意识、坚定的意志。然而，我已说过，我习惯待在大自然的空气中，只有那样才感到舒服，进了迷宫受人为空气的压迫，我就有点窒息。

我放着线，走进第二个厅室，这里比头一个厅室暗了；再到另一间更加昏暗，再进一间，我就只能摸索着往前走了。我的手擦着墙壁，碰到一扇门的把手，一打开门，强烈的阳光迎面扑来。我进入一座花园。对面有一个平台，上面盛开着毛茛花、侧金盏花、郁金香、长寿花和香石竹；我看见弥诺陶洛斯躺着，一副懒散的姿态。天赐良机，他睡着了。我本应加快脚步，趁着他睡觉下手，可是，他的睡容又制止住我：怪物很美。就像肯陶洛斯有时显现的那样，人和兽在弥诺陶洛斯身上结合，无疑十分和谐。此外，他很年轻，而他的青春，又给他的形体美增添了难以描摹的可爱的神采；这成了对付我的武器,比武力还厉害,我要与之抗衡,就必须使出全身解数。因为,只有受仇恨的激励,才能更出色地搏斗;而我对他却恨不起来。更有甚者,我还停下半晌欣赏他。忽然,他睁开了一只眼睛。于是我看出他很愚笨,当即明白我该出手了……

说出手就出了手,但是这个过程,回想起来却不真切了。我的口用解毒布团塞得再紧,经过头一个厅室,脑袋也让烟气熏得晕乎乎的,记忆受到了影响,虽说战胜了弥诺陶洛斯,可是取胜的场面,给我留下的记忆却很模糊,不过,倒是一种惬意的感觉。打住,因为我不准自己虚构。我还记得那花园十分迷人,恍若梦境,令人心醉神迷,我想恐怕自己离不开了;可是,既然解决了弥诺陶洛斯,我就不得不遗憾地重又缠上线,回到头一个厅室找我的伙伴们。

他们正大吃大喝,不知是谁,又如何摆了一桌盛宴,他们形同疯子或白痴,相互乱摸,纵声大笑。我表示要带他们走时,他们无不反对,说他们待得非常舒服,根本不想离开。我则坚持说,我是来解救他们的。“解救什么?”他们乱纷纷地嚷道。他们突然结成一伙反对我,破口骂我。庇里托俄斯也参与其中,这叫我特别伤心。他几乎认不出我了,他否定美德,嘲笑自身的才能,恬不知耻地宣称,给他世上的全部荣耀,他也不会同意离开眼前的一切。可我不能怪他,深知若是没有代达罗斯的提防措施,我也同样沉迷了,也会跟他、跟他们随声附和。我无可奈何,只好揍他们,挥动拳头,用脚踢屁股，才迫使他们跟我走，可见他们醉得相当厉害，手脚笨重，无法反抗了。

走出迷宫之后，要花多大力气和时间，才能使他们恢复神志，重新坐到他们日常的饭桌上！他们坐下来也一副愁眉苦脸。后来他们对我说，他们就好像从幸福的顶峰，重又下到幽暗的峡谷，回到自身的这座监狱，从此再也无法逃脱了。然而，庇里托俄斯很快就对这一时的堕落深感惭愧，决意以极大的热忱，在他自己的眼中和我眼中赎罪。时过不久，他就有了这样一个机会，向我表明了他的忠诚。

十

我什么也不瞒他;他了解我对阿里阿德涅的感情以及我的不满。我甚至没有对他隐瞒我炽烈地爱上了淮德拉,尽管她还是个孩子。这段时间,她经常打秋千:秋千吊在两棵棕榈树干上;我看着她荡来荡去,风掀起她的短裙,心中就激动不已。然而阿里阿德涅一出现,我就移开目光,极力掩饰,害怕当姐姐的萌生嫉妒。可是,不让一种欲望得到满足,是有害健康的。于是,我在心中开始酝酿劫持计划;这个大胆的计划要顺利进行,就必须运用诡计。这回庇里托俄斯帮上我的忙了,他想出一个高招儿,表明了他的丰富的创造性。这期间,尽管阿里阿德涅和我一心想离开,我们在岛上逗留的时间却拖长了;不过,阿里阿德涅哪里知道,我是决心带淮德拉一起走。这事儿庇里托俄斯倒是知道,看他是如何助我一臂之力的。

庇里托俄斯行动比我自由(我让阿里阿德涅给缠住了),他就有闲暇观察,了解克里特的风俗习惯。一天早晨,他对我说：

“我认为事情有把握了。要知道，弥诺斯和拉达曼堤斯，是两个非常明智的立法者，他们整顿了岛上的风气，尤其是鸡奸，你也应当知道，克里特人热衷于此道，这一点从他们的文化就能明显地看出来。此风之盛，青少年概莫能外，谁在成熟之前，没有被一个年龄大一点的选中，就会感到耻辱，认为受别人藐视是丢脸的事；因为大家都这么想：他的相貌若是俊美，那就肯定会造成某种思想的或者感情的犯罪。弥诺斯的小儿子格劳科斯，长得特别像淮德拉，仿佛孪生的，他就对我谈了这种忧虑。没人理睬使他很难过。我对他说，恐怕是他的王子头衔把喜爱他的人吓跑了；他却听不进去，回答我说有这种可能，但这照样叫他不痛快，别人应当知道，弥诺斯也同样为此伤心，而弥诺斯平时毫不看重社会地位、级别或等级；不管怎样，如果像你这样一位杰出的王子肯对他儿子感兴趣，他当然会觉得很得意。我想过，阿里阿德涅固然嫉妒她妹妹，但是绝不会嫉妒她弟弟，因为没有这种事例：一个女人会把一个男人爱一个男童当回事儿；不管怎么说，她会觉得不宜表露出嫉妒的情绪。你不必害怕，尽可以照此办理。”

“哦！难道你认为，”我高声说道，“我会因为害怕而罢手吗？不过，我虽然是希腊人，却一点也没有同性恋的倾向，不管对方多么年少可爱，在这一点上，我不同于赫剌克勒斯，情愿把他的许拉斯让给他。你那格劳科斯长得再怎么像我的淮德拉，也无济于事，我渴望得到的是淮德拉，而不是他。”

“你没有明白我的意思，”庇里托俄斯又说道，“我不是劝你用格劳科斯代替淮德拉，而是要你佯装带走格劳科斯，瞒过阿里阿德涅，让她和所有的人相信，你带走的是格劳科斯，而其实却是淮德拉。听我说，从头至尾听清楚：岛上有一种习俗，还是弥诺斯本人创立的，就是情人可以掠走他觊觎的男童，带回家一起生活两个月；然后，那男童就当众宣布，那情人是否讨他喜欢，对待他是否得体。将假的格劳科斯带回你家，也就是把他带上船，带上把我们从希腊运到这里的那条船。我们同化了装的淮德拉一旦会齐就起锚，当然还有阿里阿德涅，既然她要陪伴你；然后，我们就快速驶向远海。克里特战船数量多，但是没有我们的速度快。他们若是追赶我们，我们很容易就能甩掉他们。你去对弥诺斯谈谈这个计划。请相信，他听了一定会微笑，只要你让他相信带走的是格劳科斯，而不是淮德拉；因为，要给格劳科斯找个教师和情人，他想不出有比你更好的了。不过，请告诉我：淮德拉同意吗？”

“我还不知道。阿里阿德涅盯得很紧，从来不让我同她单独在一起，因此，我还无法试探她……不过，她们姐儿俩，她一旦明白我更喜欢她，就会同意跟我走，这一点我毫不怀疑。”

先得让当姐姐的有个思想准备，但是根据预谋好的，我向她透露的是假方案。

“这计划真妙!”她高声说道,“能同我弟弟一道旅行,我有多高兴啊!你想象不出他有多可爱。尽管我们姐弟俩年龄相差挺大,但我和他处得相当好,一直是他最喜欢的游戏伙伴。要使他思想开阔,什么办法也不如到外国居住一段时间更有效。他的希腊语已经能凑合讲了,但是语调不好,到了雅典就会很快纠正,大大提高希腊语水平。你将是他的极好的榜样。但愿他能学出你这样子。”

我就由着她讲。可怜的姑娘没有料到,等待她的是什么命运。

我们还必须通知格劳科斯,以便防范意外出现的麻烦。这事由庇里托俄斯去做。事后他对我说,那孩子开头很失望,必须唤起他最善良的情感,才促使他同意参加这场游戏;应当这样说:同意出局,让位给他二姐。还必须通知淮德拉。如果有人企图以武力或偷袭的办法劫持她,她很可能要惊叫起来。不过,这场游戏,庇里托俄斯考虑得十分巧妙,带动他们二人:格劳科斯会尽量哄骗他父母,淮德拉会尽量哄骗她姐姐。

淮德拉乔装打扮,换上格劳科斯平日穿的衣服。他们俩个头儿完全一样,她的头发盘起来,下半张脸再遮住,就很可能骗过阿里阿德涅的眼睛。

自不待言,我感到为难的是要欺骗弥诺斯。他对我信赖有加,还对我说过他期待我以兄长的身份,对他儿子施加好的影响。再说,我又是他的客人,这样做显然辜负他的盛情。

然而在我身上,过去没有,也绝不会有什么顾忌能使我罢休。我的欲望的声音,战胜了感激的和情理的各种声音。不择手段。要干就干。

阿里阿德涅赶在我们之前上船,就想收拾出一个舒适的地方。我们等淮德拉一到,就逃之夭夭了。劫持的计划,原定天色一黑就执行,临时推到淮德拉必须露面的全家用餐之后。她提出早已养成的习惯,吃完饭就离开,她说这样一来,直到次日早晨,谁也不会注意她人不在了。如此这般,一切顺利,没有出现一点纰漏。如此这般,我得以同淮德拉上了船,几天之后抵达阿提卡,而中途则把她姐姐,美丽而缠人的阿里阿德涅丢到纳克索斯岛上。

我上岸之后获悉,我父亲埃勾斯已投海自尽,只因我忘记了换帆,他远远望见了船上挂的是黑帆。这事儿我已经交代了几句,不愿意再旧话重提。不过我还要补充一点,头天夜里我做了个梦,梦见自己已经当了阿提卡国王……不管怎样,也不管可能如何如何,对于我和全体人民来说,因为我们安然回来和我登上王位,这是个欢庆的日子,可是因为我父亲丧命,这又是个哀悼的日子。有鉴于此,我立刻组织了几支合唱队,从而交替响起欢乐之歌和哀伤之音;我本人和意外逃脱劫难的伙伴,我们也要参加欢乐的歌舞。欢乐和悲伤,就是要让人民同时处于这两种截然相反的情绪中。

十一

后来有些人指责我对待阿里阿德涅的态度。他们说我那是懦夫的行为，我不应该抛弃她，或者至少不应该把她丢在一个岛上。不错；然而，我就是要让大海将我们隔开。她要跟随我，追逐我，紧追不舍。她一识破我的诡计，发现格劳科斯的服装里竟是她妹妹，就大吵大闹，不断发出有节奏的叫声，骂我背信弃义；结果我忍无可忍，就明确告诉她，我无意带她走多远，正好突然起了风，一碰到岛屿，我们就能靠岸，或者被迫停泊，就把她丢下；她威胁我说，她要写一首长诗，讲述这种可耻的背弃。我立刻回敬道，那她比干什么都强，从她的愤怒和抒情的腔调来看，我就能判断出诗写出来一定很美，而且足以慰人，她的忧伤一定能从中得到弥补。然而，我说的这番话，只能给她火上浇油。女人就是这样，听不进去道理。至于我，总是跟着本能的感觉走，这样最简单，我认为有把握。

那个岛是纳克索斯。据说我们把她丢在那儿不久，狄俄尼索斯[1]就去找她,并娶她为妻;按照这种说法,她就是在酒中寻求自我安慰了。还有人说,就在婚礼那天,酒神送给她一顶冠作礼物,那是赫淮斯托斯(希腊神话中的火和锻冶之神)的作品,而且位居天上星座之列了;还说宙斯迎她上了奥林波斯山,赋予她永生不死的仙体。还有一种说法,有人甚至把她当作阿佛洛狄忒。我由人说去,而且,为了扼断指控的流言,我本人也尽量将她神化,确定对她的礼拜,还带头跳舞祭祀。这样,别人也就会允许我指出,如果我不遗弃她,那么,对她十分有利的这一切,就根本不可能发生了。

有些捏造的事实,就是为了编织无稽之谈:什么劫持海伦呀,同庇里托俄斯下了地狱呀,强奸普洛塞庇娜[2]呀。我避而不去辟谣,反倒从谣言中捞取更大的威望,甚至还给那些无稽之谈添枝加叶,以便把老百姓牢牢禁锢在信仰中,而阿提卡的老百姓,嘲笑信仰的倾向实在太明显了。因为,庸俗的东西释放出来是必要的,但是绝不能通过大不敬的方式。

实际情况是这样:我回到雅典之后,一直忠于淮德拉。我同时与这个女人和这座城市结合了。我是丈夫,是已故国王的儿子;我当了国王。闯荡冒险的时期过去了,我对自己一再这样讲;此后无须征讨了,而应当统治。

这可不是一件小事;因为,老实说,当时雅典还不存在。一大批小城镇,在阿提卡境内争夺霸权,从而攻伐、纷争、械

---

① 希腊神话中的酒神。

② 罗马神话中的冥后,即希腊神话中的珀尔塞福涅。

斗持续不断。因此,统一和集中权力至关重要,我不是轻而易举就达到这个目标的。在这个过程中,武力和计谋我两样并用。

我父王埃勾斯所考虑的是分而治之。鉴于纷争不和危害了国计民生,我就认识到财富不均,以及人人都想增加个人的财富,正是大多数祸患的根源。我本人并不想发财,关心公众的利益等于或者超过关心自己的利益,我做出了生活简朴的表率。我通过平均分配土地的办法,一下子就消除了霸权,以及由霸权引起的纷争。这项严厉的措施,当然满足了穷苦人,即大多数人,但是也引起了被我剥夺的富人的反抗。他们人数不多,但都很精明。我召集来其中最重要的人,对他们说道:

"我只看重个人才能,不承认别的价值。你们通过机智、技巧和坚持不懈,都发财致富了,但更经常使用不公正的和欺骗的手段。你们之间争权夺利危害国家的安全,而我就是要防止你们的阴谋,实现国富民安。只有如此,我们才能富强起来,抵抗外敌侵略。可恶的金钱欲,搅得你们寝食难安,也不会给你们带来幸福,因为说到底,这种欲望永不餍足。获取越多,就越想获取。因此,我要削减你们的财富,如果你们不甘心接受这种削减,我就动用手中掌握的武力。我给自己也只保留掌握法规和领导军队的权力。其余的同我没有多大关系。我身为国王,也打算过简朴的生活,不改我迄今为止的生活方式,同普通百姓一样。我一定能让人遵守法律,即使不让人惧怕,也得让人尊敬我,并且做到能让周围的人这样讲:阿提卡不是由一个专制暴君,而是由一个人民政府治理的;因为,这个国家每个公民,在议会中都将有平等的权利,根本不管出身如何。如果你们不服,那我可以告诉你们,我会迫使你们服从的。

“我要派人拆毁并取缔你们地方的小法庭、你们地区的议会厅,我还将已经取名雅典的构筑,全集中到卫城。我向保佑我的诸神保证,雅典这个名字,一定会受到后世的敬重。我要将我的城市献给帕拉斯。现在,你们走吧,记住我言出必行。”

我要言行一致,随即就放弃王家的一切权威,回到普通人的行列,像一般公民那样,出现在大庭广众之中,不带扈从也不害怕。不过,我毫不松懈地操持公益事务,确保百姓和睦,国家太平。

庇里托俄斯听了我对大人物说的那番讲话,就对我说,他认为话讲得很好,但是又很荒谬。因为,他振振有词:“在人之间实行平等不合乎自然,进而言之,平等也非人之所愿。最优秀的人,就应当以其超凡的才能统治芸芸众生。没有竞争、对立、嫉妒,民众就会萎靡不振,懒懒散散,停滞不前。必须加上酵母,将民众激发起来。你引导好,矛头不对着你就成了。不管你愿意与否,也不管你期望这种初始的平等化,如何向每人提供同等的机会、同样的起点,人的才能不同,过不了多久,就会形成不同的境况,即受苦的大众和贵族阶层。”

“那好哇!”我接口说道,“但愿如此,我还希望短时间就能实现。不过,首先我不明白,为什么大众会受苦,而我尽量给予优惠的这种新贵族,正如我盼望的那样,不是金钱的,而是精神贵族。”

继而,为了扩大雅典的规模,使之更加强盛,我宣布凡是愿意到此定居的人,不管来自何方,都一律欢迎。于是,宣传公告的差役各地反复高喊:“诸位,大家都到这里来吧!”

这消息传得很远。俄狄浦斯不是也被引来了吗?这个退位的国王,伟大而又可悲的落魄之人,从底比斯来到阿提卡寻求帮助和保护,然后在这里死去。这就允许我在雅典主持为他举行的隆重葬礼。这情况,以后我还要谈及。

我向新来者许诺,他们无论是什么人,也都和本地人享有同等权利,先来城里定居的公民,不要急于歧视任何人,等以后经过了考验再说。因为,只有使用过,才识得好工具。我也只想根据贡献来评价每个人。

后来形势发展,即使我不得不承认雅典人之间的差异,从而承认等级,我任由这种等级确立起来,也只是为了更加确保机器的总体运行。比起其他所有希腊人来,雅典人就是这样多亏了我,才无愧于“人民”这一美名;这美名只给了他们,给他们也是众望所归。这便是我的荣耀,远远超过我们从前英雄行为的荣耀,而且无论赫刺克勒斯、伊阿宋、柏勒洛丰,还是珀耳塞斯,谁也没有达到。

唉！我童年游戏的伙伴庇里托俄斯，可惜没有跟随我。我列举的所有这些英雄，还有像墨勒阿革洛斯或珀琉斯等其他英雄，他们延长自己的英雄生涯，也仅仅越过他们初期的一些英雄事迹，还往往是唯一的英雄事迹。而我则不然，不愿意故步自封。我就对庇里托俄斯说：一个时期，要战胜并从大地清除魔怪，过一个时期，就要耕耘安靖了的大地，并使之硕果累累；一个时期，要把人从恐惧中解放出来，过一个时期，又要关注他们的自由，卓有成效地改善他们的生活状况。要做到这一点，没有纪律不成；我不允许这里人像彼俄提亚①人那样，一意孤行，也不允许他们追求一种平庸的幸福。我认为人并不自由，永远也不会自由，自由了也不见得是好事。不过，我不征得他们的同意，就不能推动他们向前，而且不让人民至少抱着自由的幻想，我也得不到他们的同意。我要提高他们，绝不允许他们乐天知命，甘愿总那么俯首帖耳。我一直在考虑，人类能有更大的作为，能表现出更大的价值。我还记得代达罗斯的教导，他认为要用神的所有战利品为人谋福利。我的巨大力量在于相信进步。

情况一变，庇里托俄斯就不再追随我了。在我青年时代，他陪伴我到各地闯荡，是我有力的帮手。然而我明白，一种友谊始终不渝，就会拖住我们，或者拉我们向后退。过了某一点，就只能独自往前走了。由于庇里托俄斯很有理性，

---

① 古希腊地区名，那里的居民以愚笨著称。

我还听他阐述自己的观点，但只是听听而已。人老了，从前他进取心那么强，后来就把自己的智慧消耗在清心寡欲中了。他给我的建议，只剩下约束和限制了。

“不值当为人操那么多的心。”他对我说道。

“哦！不为人，那又为什么操心呢？”我反诘道。他还不肯罢休。

“冷静点儿嘛，”他又对我说道，“你做得还不够吗？雅典的繁荣有了保障，你尽可以安享赢得的名誉和夫妻幸福了。”

他提醒我多想着点儿淮德拉，至少在这一点上他没有错。因为到这里，我必须讲述一下，我家庭的安宁如何被搅乱了，我又以多么惨痛的哀悼为代价，要向神赎取我的成功和自负。

十二

我无限信赖淮德拉。我看着她的仪容逐月变得更加秀美。她浑身上下透着贤惠。从少女时起就摆脱家庭有害的影响,想不到她身上还带着家庭的所有发酵酶体。显然她是接受母亲的遗传;待出事之后,她还极力为自己辩解,说这是命中注定的,她没有责任,真叫人不能不承认,这事儿自有前因后果。然而,事情还不止于此:我认为她太不把阿佛洛狄忒放在眼里了。神是要报复的,后来她多多祭献,多多哀求,力图平息女神的恼怒,也无济于事了。须知淮德拉其实很虔诚。在我岳父家中,人人都很虔诚。不过,恐怕糟就糟在他们信的不是同一个神。帕西淮崇拜宙斯;阿里阿德涅信奉狄俄尼索斯。至于我,我尤其奉敬帕拉斯·雅典娜,其次奉敬波塞冬:有一层秘密关系将他同我连在一起,他对我有求必应,反而倒害了我。我同亚马孙女人生的那个儿子,是子女中我最宠爱的一个,他则崇拜狩猎女神阿耳忒弥斯。他同那女神一样贞洁,而我则相反,在他那年龄已经非常放荡了。

他光着身子在月光下奔跑,出没在荆棘丛和森林里;他逃避朝廷、聚会,尤其逃避女人圈子,只喜欢同他的猎犬为伍,追逐野兽一直到山顶或幽谷。他还经常驯烈性马,带一群马到海滩上,以便一同跳下海。他这样子我真喜爱!又英俊,又骄傲,又桀骜不驯;当然不是对我,他对我十分敬重;也不是针对法律,而是针对限制进取并空耗人的才能的习俗。我就是想挑他做我的继承者。我将管理国家的大权交到他那双纯洁的手中,就可以高枕无忧了,因为我深知无论威胁还是谄媚,都不能动摇他。

淮德拉居然爱上他,等我发觉已经太迟了。本来我应当想到,因为,他长得像我;我是说像我在他这年龄时的模样。而我已经老了,淮德拉还依然非常年轻。也许她还爱我,但是就像爱一位父亲了。我深受其害才懂得,夫妻二人的年龄不宜相差太大。因此,我不能饶恕淮德拉的,绝不是这种情欲,虽然是半乱伦,归根结底还是相当自然的,我不能饶恕的是她明白不可能满足自己的欲望了,就诬告我的希波吕托斯,将烧灼她的这种邪恶的欲火嫁祸于他。盲目的父亲,过分轻信的丈夫,我相信了她。每次我都相信一个女人的申辩!我竟然呼唤神报复我那无辜的儿子。而我的祈求,神听取了。男人求神的时候却不知道,神要满足他们,十有八九会给他们造成不幸。我一时性起,丧失理智,盛怒之下失手杀了我的儿子。这是我一生都得不到安慰的。淮德拉意识到自己罪过太大,随后就自裁了,这样也好。可是现在,我连庇里托俄斯的友谊也失去了，觉得十分孤寂；我人也老了。

俄狄浦斯，被逐出他的家园底比斯，我在科洛涅接待他时，他双目失明，走到穷途末路，但是境遇再怎么悲惨，至少还有两个女儿在身边陪伴，对他始终那么温存，给他的痛苦带来安慰。从各方面看，他的事业失败了。我成功了。他的遗体要给安息的地方永远降福，甚至不是降给忘恩负义的底比斯，而是降给雅典。

我们二人命运在科洛涅的这次相遇，二人生涯在十字路口的这次碰撞，我倒奇怪别人极少谈及。我把这一相会视为我的荣耀的顶峰与加冕礼。在这之前，我让一切低了头，看到所有人都在我面前俯首（我可以排除代达罗斯；不过，他比我年长得多。况且，即使代达罗斯也听我的）。唯独在俄狄浦斯身上，我认出可以同我比肩的高尚；在我的心目中，他的不幸只能使这个战败者更加高大。自不待言，我总是无往而不胜；但是比起俄狄浦斯来，我觉得还完全在人的水平面上，似乎有些低下。他则顶住了斯芬克司，把人抬到面对谜语的高度，敢于让人同神分庭抗礼。既然如此，他怎么又接受，为什么接受失败呢？他刺瞎自己的双眼，不是也促成自己的失败吗？在他残害自身的行为中，有什么东西我还看不透。我对他讲了我的诧异。可是我不得不承认，他的解释不怎么令我满意，或者说，我没有很好理解。

“不错，我一时愤怒，没有控制住，”他对我说道，“这股怒气，只能转向我自身；不怪自己，我又能怪谁呢？面对向我展现的一片谴责的恐怖，我强烈地感到必须抗议。况且，我要损坏的，主要不是我的眼睛，而是幕布，是我一生奋斗的这道布景，是我不再相信的这种假象，以便达到现实。

“绝不是！我恰恰什么也没有考虑；我这是本能的行为。我刺瞎眼睛，就是要惩罚自己没有看到明显的事实，正如人们所说的瞎了眼。不过，老实讲……噢！这事儿，我不知道如何向你解释……谁也不明白我当时的这声喊叫：‘黑暗啊，我的光明！’连你也不明白，这我能感觉出来，不比别人多明白点儿。他们听出是一声哀叹；其实，这是一种确认。这喊声意味着黑暗为我豁然洞开，射出照亮灵魂世界的超自然的光明。这喊声还表明：黑暗，从今以后，你对我就将是光明。蔚蓝的天空，在我面前已经黑暗重重，与此同时，我内心的天空却星光灿烂。”

他住了口，陷入沉思，过了半晌才又说道：

“我青年时代，在别人看来还很英明。我本人也是这么看。我不是独自一人头一个道破了斯芬克司的谜语吗？然而，自从我的肉眼由我亲手刺瞎之后，看不到表象世界了，我似乎才开始真正看清楚了。对，我的肉眼一失明，永远看不见外部世界了，一种新的目光就在我身上出现，能纵观内心世界的无穷景象，而在此之前，对我来说只存在表象世界，它一直使我无视内心世界。这种难以觉察的世界（我是说我们的感官掌握不了的），现在我知道，是唯一真实的。其余的一切无非是虚幻，给我们以假象，遮蔽我们不能仰观神圣。‘必须停止看世界，才能看到神。’盲人智者忒瑞西阿斯有一天对我这样说。而当时我还不理解；同你现在一样，忒修斯啊，我明显感到你也不理解我的话。”

“我并不想否认，”我对他说道，“不想否认你多亏失明而发现的超时间世界的重要性，但是，我难以理解的是，你为什么将它同我们生活和行动的外界对立起来。”

“这就是因为，”他答道，“我内视的眼睛第一次见到还从未向我显现的东西，我猛然意识到这样一点：我统治人的权力建立在一桩罪恶的基础上，因而由此派生的一切都被玷污了，不仅包括我个人做出的全部决定，甚至还包括我的两个继承王位的儿子的决定；要知道，那时我抛弃王位，立刻离开我的罪恶赠给我的危险的王国。你可能已经了解到，我儿子卷进了多大的新罪恶，而何等耻辱的命运沉重地压住罪孽的人类可能孕育的一切，我那可怜的孩子不过是臭名昭著的样板。因为，作为一种乱伦的产物，我儿子无疑是被特意选定的；然而我认为，某种原初的污点感染了全人类，结果连最优秀的人都不干净了，注定作恶，注定沉沦，如果没有我也不知道的什么神的拯救，洗刷原初的污点并给予宽赦，人就不可能自拔。”

他又沉吟片刻，仿佛还要潜下去探寻，然后接着说道：

“我居然刺瞎了自己的眼睛，你感到奇怪，我本人也诧异。不过，这种欠考虑而残忍的举动，也许还别有含义：我说不清一种什么隐秘的需要，将我的遭遇推到极致，增加我的痛苦，完成一种英勇绝伦的命运。也许我隐约地预感到这种痛苦所体现的庄严和赎罪性质;因此,拒不接受则不是英雄所为。我认为这样尤其能显示英雄的高尚,落难比任何境况都更能表现其英勇,从而迫使上天承认,并消除神的报复。无论怎样,也不管我的过错多么可悲可叹;我达到的这种超感觉的幸福状态,如今也足以补偿我所忍受的所有痛苦,而且不受此苦难,我也绝不可能达到这种幸福状态。"

"亲爱的俄狄浦斯,"我明白他讲完了,便对他说道,"听了你宣讲的这种超人的智慧,我只能赞佩。不过,在这条路上,我的思想却不能与你为伴。我始终是大地的孩子,相信人不管如何,也不管如你判断的有多大污点,总应该玩一下手中掌握的牌。毫无疑问,哪怕是你自身的不幸,你也善于充分利用,从而更加密切地接触你所说的神性。此外,我也乐于确信,一种祝福紧紧附在你身上,按照神谕,将随你降到你长眠的土地上。"

我没有进一步讲,对我至关重要的是,这应是阿提卡的土地,我暗自庆幸诸神特意让底比斯通向我。

比起俄狄浦斯的命运来,我倒还满意:我的命运圆满完成。我身后留下了雅典城。我珍视它超过珍爱我的妻子和儿子。我建造了自己的城。在我之后,我的思想会永生永世住在这里。临终这么孤寂我也心甘情愿。我尝到了大地的恩泽。想想将来的人类也很欣慰:在我之后,人类多亏了我,将承认自己更幸福、更善良,也更自由。我所做的事业,是为了未来人类的幸福。我不枉此生。

浪子归来

我为私心的快慰，在此描绘救世主耶稣基督给我们讲述的这篇寓言，犹如古人所作的三联画。我任由激发我的双重感兴混淆而杂乱，无意彰显任何神灵对我的胜利，也无意彰显自己的胜利。不过，读者如若考问我的虔诚，也许在我的描述中不难发现：我就像在图画边角的一位施主，跪在浪子的对面；也像他那样，既含笑又泪流满面。

——献给亚瑟·封丹

浪子久别家门之后，厌倦了想入非非，也鄙弃了自身，在自寻寒苦的沉沦中，又念起父亲的面容，念起母亲常去俯在他床头的那个颇大的房间，念起那个有活水灌注的园子，想当初他总要逃出那终年紧闭的园子，还念起他从来就不爱的哥哥，而节俭的哥哥却为他保存了他未能挥霍的那份财产；浪子心中承认他并没有找到幸福，也未能在缺乏幸福的情况下，延长他所追求的陶醉。“噢！”他想道，“父亲当初十分生气，如果以为我死了，再见到我时，也许不顾我的罪孽，还会很高兴吧；如果我低首下心回到他面前，垂着头，风尘仆仆，跪在他面前说道：‘父亲，我作了孽，违忤了天，也违忤了你。’如果他伸手把我扶起来，对我说：‘进来吧，孩子……’那我该怎么办呢？”浪子不再多想，已经虔诚地上路了。

他走出山峦，终于望见自家炊烟袅袅的房顶。正是暮晚时分，他要等夜色朦胧，以便略微掩饰一点他的狼狈相。他远远就听见父亲的声音，双膝不禁发软；他倒下去，双手掩面，明知自己是正出的儿子，也还是为自己的耻辱而羞愧。他饿了；破斗篷的衬褶里只有一把甜橡实，像他饲养的小猪那样用来果腹。他望见家中正做晚饭，辨认出母亲走到屋前台阶……他再也克制不住，径直跑下山坡，走进院子，迎面的却是一只犬:家犬已不认识他了。他想跟仆人说,而仆人也生疑,赶紧避开。去禀报主人。主人出来了。

他无疑在等待浪子,一见面就认出来了。他张开双臂;于是,儿子跪到他面前,用一只胳臂遮住脸面,举起右手请求原谅,高声说道:

“父亲!父亲,我作了大孽,违忤了天,也违忤了你,已经不配你对我的称呼。不过至少,让我做你的一个仆人吧,做个最末等的仆人,让我待在家中的一个角落,让我生活……”

父亲扶起浪子,紧紧搂抱:

“孩子!祝福你回到我身边的这一天吧!”

他的喜悦溢出心田,眼泪涌出来;他吻了儿子的额头,又抬起头来,转向仆人们说道:

“拿最漂亮的袍子来,给他穿上鞋子,给他戴上一只最贵重的戒指,去牛栏,挑一头最肥的小牛宰了,准备一个欢乐的筵席,因为我说过死了的儿子还活着。”

消息传开了;他急忙跑去,不愿意让别人去讲这话:

“孩子他娘,我们流泪想念的儿子回家了。”

全家人的欢乐就像高扬的一首颂歌,闹得长子心事重重。他出席了全家的欢宴,是父亲发了话,逼得他没法儿才入座的。连最低微的仆人都请来了,满席的人唯独他板着面孔,一脸怒气:为什么这样款待一个忏悔的罪人,要胜过他这个从未犯过罪的人呢?比起爱来,他更看重规矩。他肯出席筵席,是给弟弟一个面子,让他高兴一晚上,而且父母也答应了他，明天就狠狠训斥浪子，他本人也打定主意，要好好教训弟弟一顿。

火把烈焰腾空，筵席结束，仆人撤下杯盘。夜晚没有一丝风，全家上下都困乏了，一个个都去睡觉了。然而我知道，在浪子隔壁的房间，有一个孩子，浪子的弟弟，一夜直到天亮，他怎么也无法睡着。

父亲的责备

上帝啊，我今天像个孩子，跪到您面前，泪流满面。我忆起并在这里抄下您这喻世的故事，就因为我知道，您的浪子是怎样一种人，因为在他身上我看到自己，而且我听到自己的心声，有时在心里重复您让他在苦海中喊出的这句话：

“我父亲那儿有多少雇工，丰衣足食；而我呢，就饿死在这里！”

我想象父亲的拥抱，在这种父爱的滚热中，我的心会融化。我甚至想象前一代的苦难；唉！我想象人的一切渴望。我相信这个故事，我甚至就是那个人，一走出山，又望见久别家园的蓝屋顶，心就狂跳起来。我还等什么，何不奔向家，冲进去呢？一家人在等我。我眼前已经浮现宰好的小肥牛……停一停吧，不要太急切地摆筵席！——浪子啊！我在挂念你。你先告诉我，洗尘宴过后，第二天父亲对你讲了什么。父亲啊，不管长子如何怂恿您，但愿透过他的话语，我能听到您的声音！

“孩子，你为什么离开了我？”

“我真的离开过您吗，父亲！您不是无所不在吗？我从未断过爱您。”

“不要强辩！我有房子安置你。这是为你建造的。多少代人劳作，为了让你的心灵有个安身之所，得到可意的享乐，过舒适的生活，有个职业。而你，是儿子，是继承人，为什么要逃离这个家呢？”

“因为家关住我，我出不去。家，不是您，父亲。”

“这是我建起来的，还是为了你。”

“嗳！这话不是您说的，而是我哥哥讲的。您呢，您创造了世界、房子，以及其他一切。不过房子，这是别人，而不是您建造的；我知道，别人假借您的名义。”

“人得休息，需要房子挡风遮雨。太狂了！你以为能够露天睡觉吗？”

“这还需要多么狂吗？比我穷苦的人，就是那么过来的。”

“那是穷人。你呢，并不穷。谁也不会放弃自己的财富。我让你成为比别人富有的人。”

“父亲，您完全清楚，我离开家时，能带走的财富全带走了。带不走的财富，对我又有什么意义呢？”

“带走的那些财富，全让你挥霍了。”

“我用您的黄金换来欢乐，用您的教诲换来奇思异想，用我的纯真换来诗,用我的庄重换来欲望。”

“你厉行节俭的父母殚精竭虑,培养你这么多品德,难道就是为了这样吗?”

“如果让我燃起更美的火焰,也许是吧,一种新的激情将我点燃。”

“想想摩西望见圣荆丛的那纯洁火焰吧:那火焰只放光而不燃烧。”①

“我见识过燃烧的爱。”

“我要教给你的爱,能让人清爽,你瞧,转眼就完了,浪子,给你留下了什么呢?”

“留下了那些欢乐的记忆。”

“欢乐之后就落魄了。”

“我在落魄中,就感到接近您了,父亲。”

“非得穷困逼迫,你才回到我身边吗?”

“我不知道,我不知道。我是在无水的沙漠中,才最爱我的干渴。”

“你陷入穷困,才更好地感到财富的价值。”

“不,不是这样!您怎么没有理解我的话,父亲?我的心完全掏空了,就装满了爱。我花掉了所有财富,买来了激情。”

“这么说,你远离了我,也很幸福?”

“我并未觉得远离了您。”

---

① 《圣经·旧约》中《出埃及记》记载:“耶和华的使者从荆棘中的火焰里向摩西显现,摩西观看,不料荆棘被火点燃,却没有烧毁。”

“那么,是什么促使你回来的呢? 说。”

“我不知道,也许是懒惰吧。”

“懒惰,儿子! 怎么! 居然不是爱?”

“父亲,我对您说过,我从来没有像在沙漠里那样爱您。但是我厌倦了,每天早晨都得觅食生存。在家里,至少吃得很好。”

“对,仆人什么都准备好了。这么说,促使你回来的,是饥饿了。”

“也许还有怯懦、疾病……食物没有保障,日久天长,我的身体就衰弱了;因为,我用来果腹的是野果、蝗虫和蜂蜜。艰难的生活条件,起初还激励我的热情,后来就越来越难以忍受了。夜晚,我感到寒冷时,就想到父亲家中有给我铺好的床;我挨饿时,就想到父亲家中有丰盛的菜肴,能让我顿顿吃饱。我屈服了,自觉已没有足够勇气,也没有足够力气再拼下去,然而……”

“于是,你就觉得过冬的小肥牛肉很香啦?”

浪子痛哭流涕,面孔扑到地上:

“父亲! 父亲! 甜橡实的野香味,不管怎样还留在我的口中。还没有什么能盖住这种味道。”

“可怜的孩子!”父亲边扶起他边接口说道,“我对你说话,也许口气太生硬了,是你哥哥要我这样的,这个家他做主。是他要我对你说:‘离开这个家,你绝无保障。’不过你听好了:是我造了你,你心中想什么我全知道。我也知道是什么促使你出走的；其实，我就在路的尽头等你。你本可以呼唤我……我就在那儿呢。”

“父亲！这么说，我不回来，也可以找到你了？……”

“你感到气力不支，回来也是对的。现在去吧，回到我让人给你收拾好的房间。今天就谈到这里吧，你去歇息，明天可以跟你哥哥谈谈。”

哥哥的责备

浪子一开头就高屋建瓴。

“大哥，”他说话了，“咱们两人不大相像。哥，咱们俩不一样。”

哥哥说道：

“这要怪你。”

“为什么怪我？”

“因为我遵守规矩；凡是别出心裁的，都是狂妄的果实或种子。”

“我所能有的特殊品性，都是缺点吗？”

“只有引导你回到规矩上的品性，才能称为优点，而其余的全应克制。”

“我怕的就是这种肢解：你要消除的品性，也受诸父亲。”

“嗳！不是消除，我对你说的是克制。”

“我完全理解你的意思。不管怎么说，我毕竟克制了我的品德。”

“也正因为如此,我现在才重新发现它们。你还应当发扬光大。你要明白我的建议:不是压缩,而是弘扬你的天性。人的天性中,肉体和精神的成分极不相同,又极难约束,但是必须协同努力:最坏的应当滋养最好的,而最好的又应当服从于……”

“我当初追求的,也正是张扬这种天性,而且在沙漠中找到了——也许和你向我建议的差别不大。”

“老实说,我还真想强加给你。”

“我们父亲讲话可没有这么生硬。”

“我知道父亲对你说了什么。含混不清。什么事儿他都说不大明白了,因此别人让他怎么说,他就怎么说。不过,我很了解他的想法。在仆人面前,我是唯一的传话者,谁若想弄明白父亲的意思,就得听我的解释。”

“没有你,我也很容易就听懂他的话了。”

“你以为听懂了,其实理解偏了。父亲的想法,不能有好几种方式解释,也不能有好几种方式聆听。爱他也没有好几种方式,这样,我们才能在对他的爱中达到一致。”

“在他的家中。”

“这种爱引人回来。你看得明白,你这不回来了。现在告诉我:是什么促使你离开的?”

“我特别强烈地感到,家不是整个世界。我本人呢,也不完全是你们所希望的一个人。当时我不由自主地想象别的庄稼、别的土地,想象可以疯跑的路、还没有人走过的路;我还想象我身上有个新生命，感到就要冲出去。于是我就离家出走了。”

“想想看，当初我也像你一样，抛弃父亲的家，那会成什么样子呀。我们的财产，要全被仆人和盗贼抢光了。”

“那也无所谓，因为我望见了别的财富……”

“你那是妄念夸张。兄弟，是有过无秩序的状态。人是从怎样的混沌中出来，你若是还不知道可以去讨教。人出来很不容易，还带着一身天生的重负，一旦神灵不再往上提，就会重新跌入混沌中。你可不要以身尝试。组成你的那些成分，排列得十分整齐，但你稍一放纵，稍一疏忽，就又回到混乱的状态了。……而且，有一点你永远也不会知道，就是人经历了多长时间，才算造就了人。现在，模型算是有了。我们可得把握住了。‘抓紧你所持有的[1]，’圣灵对教会的天使这样说，紧接着还补充道，‘不让任何人夺走你的冠冕。’你所持有的，就是你的冠冕，也就是在他人和你自己之上的这个王国。你的冠冕，篡夺者正在觊觎：篡夺者到处都有，在你周围转悠，附到你身上。抓紧，兄弟！抓紧了。”

“我放开的时间太久了，不可能再紧紧抓住我的财产了。”

“能行，能行，我来帮你。你离开家之后，我照看了这份财产。”

“还有，圣灵的这句话，我也知道，你没有引全。”

---

① 见《新约·启示录》第3章第2节。

“不错,圣灵接着这样说:‘得胜者,我就把他变成上帝圣殿的一根柱子,他再也不出圣殿了。’”

“‘他再也不出圣殿了’,这正是让我惧怕的。”

“如果是为了他的幸福呢?”

“唔!我明白得很。不过,在这座殿里,我有过体验……”

“你出去肯定境况很糟,要不你怎么肯回来。”

“我知道,我知道。我是回来了,我承认。”

“这里有大量财富,你还要到别处寻找什么呢?进而言之:你的财富只是在这里。”

“我知道你为我保管了财产。”

“你的财产没有挥霍掉的部分,也就是说,我们共有的那部分:地产。”

“这么说,我自己的财产一点也没有了?”

“有,一份特别的馈赠,父亲也许会同意给你。”

“我只要那一份,我只愿意拥有那一份。”

“真狂傲!不会问你要不要。坦率地讲,那一份要看运气。我倒劝你还是放弃为好。个人所得的那一份,恰恰把你毁了。那些财富,你一下子就挥霍光了。”

“其余的,当时我也带不走。”

“因此你会看到,还保存得完好无损。今天就谈到这儿吧。进了家门,去歇息吧。”

“正好我也很疲倦了。”

“那就祝福你的疲倦!现在去睡觉吧。明天,母亲还要跟你谈谈呢。”

母 亲

浪子,你听完兄长的话,思想还有抵触,现在就让你的心讲讲吧。现在你多么舒服啊,半卧在坐着的母亲的脚下,脸埋在她的双膝间,感受她那爱抚的手按下你倔强的颈项。

“为什么丢下我这么久?”

母亲见你只用眼泪回答,便又说道:

“孩子,现在为什么哭呢?你回到我身边来了。我等你时,眼泪都流干了。”

“您还等我?”

“从来就没有停止盼你回来。每天夜晚临睡觉,我总要想:今夜他若是回来,能打开门吗?因而久久睡不着觉。每天清晨,我还没有完全醒来,心里就想:今天他能回来吗?接着我便祈祷。不知祈祷了多少次,终于把你盼回家了。”

“您的祈祷催我回来了。”

“我的孩子,不要笑我。”

“母亲啊!我低首下心,回到您身边。您瞧,我的额头垂得比您的心还低!我昨天那些念头,没有一个今天不变得毫无意义。在您身边,我就不大明白为什么离家出走了。”

“你不再走了吗?”

“我走不了啦。”

“当时,外面究竟有什么吸引你呢?”

“我不愿意再想这事儿了:什么也没有……是我自己。”

“那么你那时以为,远离开我们会幸福?”

“我并不追求幸福。”

“那你寻求什么来着?”

“我寻求……我是谁。”

“嗳!是你父母的儿子,也是你手足之间的兄弟。”

“我不像我的弟兄。不要说这个了,反正我回来了。”

“不,还要谈一谈:不要以为你的弟兄和你就那么不同。”

“从今往后,我唯一用心的,就是像你们一样。”

“你这样讲,似乎有些勉强。”

“最累的事,莫过于要与众不同。这一旅程,最终我走累了。”

“真的,你现在就显老了。”

“我受老苦了。”

“我可怜的孩子!你在外边,毫无疑问,不是每天晚上都有人给你铺好床,也不是每顿饭都有人给你摆上餐桌吧?”

“我找到什么就吃什么,饿得不行的时候,往往只吃到青果,或者要烂的果实。”

“你受的苦,恐怕不只是挨饿吧?”

“还有正午的烈日、深夜的寒风、大漠的流沙和把我的脚刺伤流血的荆棘,这一切都未能阻止我,然而——这一点我没有对哥哥说——我还得打工……”

“为什么要隐瞒呢?”

“有些主人很坏,糟蹋我的身体,挫辱我的自尊,还不给我饱饭吃。当时我就想:哼!成了为打工而打工!……于是，我又梦见了家园，也就回来了。”

浪子再次垂下母亲爱抚的额头。

“现在你打算做什么？”

“我对您说过了：努力向我大哥看齐，学会经管家产，也像他一样娶妻……”

“你讲这话，一定是想到了哪个姑娘。”

“只要是您看中的，无论哪个都喜欢。您从前怎么给哥哥办的，就怎么给我办吧。”

“我倒愿意按照你的心思挑选。”

“无所谓！我的心早有过选择。现在，我放弃带我远离你们的狂傲，指引我选择吧。我听从安排，我对您说过。将来，我也同样要求我的孩子听命。我这样打算，就觉得不再那么不着边际了。”

“听我说：现在就有个孩子，你可以管一管了。”

“您说什么？您指的是谁呀？”

“指的是你弟弟，你离家出走那会儿，他还不满十岁，现在你都难以认出他来了，而他……”

“把话讲完，母亲，现在您担心什么呢？”

“你在他身上，能够认出你自己来，因为他同你离家时一模一样。”

“像我吗？”

“像你从前的样子，跟你说吧，但还不像，唉！不像你现在变成的样子。”

“他会变过来的。”

“他必须马上变过来。去跟他谈一谈，你是浪子，他会听你的。明白告诉他，路上有多艰难困苦，别让他去受……”

“究竟有什么让您对我弟弟如此惊慌呢？也许，只有一点相似之处罢了……”

“不，不，你们兄弟俩，在更深处相像。现在我担心他的事，从前在你身上，开头并没有引起我应有的不安。他看书太杂，并不总是挑好书看。”

“不就是这事儿吗？”

“他常常伫立在园子的最高点，你也知道，从那里望过墙头，能看见整个地方。”

“我想起来了。就这些吗？”

“他不大待在我们身边，常往田野里跑。”

“哦！他去那儿干什么？”

“没做什么不好的事儿。不过，他去常打交道的人，并不是那些农夫，而是离我们最远的莽汉，以及外乡人。尤其有一个来自很远的地方，给他讲不少故事。”

“唔！就是那个放猪倌。”

“对呀。从前你认识他？……你弟弟要听他讲故事，每天傍晚都随他去猪圈，吃晚饭时才回家，也没有胃口，还满身臭烘烘的。怎么说他都没用，越管越顶牛。有几次，早晨天刚亮，我们谁还都没起床，他就跑去见那个猪倌，一直陪人家赶猪群出大门。”

“他呢，知道他不该出门呀。”

“从前你也知道！我敢肯定，迟早有一天，他要从我身边跑掉。迟早有一天，他会离家出走……”

“不会的，我去跟他讲，母亲，您不必惊慌。”

“好多事儿，我知道你的话他会听的。第一天晚上，你看见他是怎么瞧你的吗？你的破衣烂衫覆盖着何等魔力啊！接着，父亲给你换上了紫袍。当时我就担心，他在思想里别把这两种衣服混淆了，担心吸引他的，首先还是那破衣烂衫。不过现在看来，我这种念头恐怕太离谱；总而言之，我的孩子，假如早料到要遭那么多苦难，你就不会离开我们，对不对？”

“我弄不清怎么会离开你们、离开您了，母亲。”

“那好吧！这一切，都对他讲讲。”

“这一切，明天晚上我就对他说。现在，您吻一下我的额头吧，就像我小时候，您看着我入睡那样。我困了。”

“去睡吧。我也去为你们大伙祈祷。”

同弟弟的对话

浪子的隔壁，是一个并不算小、四壁光光的房间。浪子端着灯，走到弟弟睡觉的床前。只见弟弟面向墙壁。他开口了，声音极低，怕吵醒万一睡着的孩子。

“我想同你谈谈，小弟。”

“有什么妨碍你吗？”

“我以为你睡觉呢。”

“不睡觉也可以做梦。”

“你在做梦，梦见什么啦？”

“跟你有什么关系！我的梦，假如我都不理解，那么你也未必能解释清楚。”

“这么说，你的梦很难捉摸啦？你跟我讲讲嘛，我来试试看。”

“你的梦难道你能选择？我的梦可随意得很，比我还自由……你来这儿做什么？为什么打扰我睡觉呢？”

“你没睡着呢，我来也是小声同你聊聊。”

“你有什么好跟我聊的？”

“没什么，如果你是这种口气。”

“那就再见了。”

浪子走到门口，却把灯撂在地上，屋里的光线就很昏暗了。这时他又走回来，坐到床沿儿，在幽暗中长时间抚摩孩子转过去的额头。

“你回答我的口气多生硬，我回答大哥的话可从来没有这样。然而，我以前也是跟他作对。”

倔强的孩子猛然坐起来。

“你说，是大哥派你来的吧？”

“不对，小弟；不是他，而是母亲。”

“哼！你自己就不会来了。”

“可是，我是作为朋友来的。”

孩子半卧在床上，定睛凝视着浪子。

“我的家人里，怎么会有我的朋友呢？”

“你误会大哥了……”

“不要对我提他！我恨他……一提起他，我整个这颗心就按捺不住。就因为他，我回答你口气才这么生硬。”

“究竟是怎么回事儿?”

“说了你也不会明白。”

“说说看嘛……”

浪子摇着偎在他身上的弟弟，少年精神完全放松了。

“你回来的那天夜晚，我没有睡着觉，整夜都在想：原来我还有个哥哥，我却不知道……正是这个缘故，我的心才跳得那么厉害，看见你走进院子，浑身罩着光彩。”

“唉！我那是穿着一身破衣烂衫。”

“对，我看到你了，那样就已经很光彩了。我看到父亲做了什么：他给你戴上一只戒指，而大哥却没有那样的。我不想向任何人询问你的情况。仅仅知道你从很远的地方回来，而在筵席上，你的目光……”

“你也出席宴会了?”

“唔！我知道你没有看见我；筵席自始至终，你都无视周围的人，目光望向远方。我也知道第二天夜晚，你去跟父亲谈话，那很好，可是第三天……”

“把话讲完。”

“噢！哪怕是一句亲热的话，你也总该对我讲呀！”

“这么说，你在等我?”

“等死我了！你想想，如果那天晚上，你没有跟大哥谈话，又谈了那么久，我会这样恨大哥吗？你们有什么话好说的呢？你应该知道，如果说你像我，那么你跟他却毫无共通之处。”

“我的过失很大，对不起他。”

“这可能吗？”

“至少对不起我们的父亲和母亲。你也知道。我离家出走了。”

“对，我知道，很久以前的事了，是不是？”

“那时我跟你现在的年龄相仿。”

“啊！……这就是你所说的过失吗？”

“对，这就是我的过失，我的罪孽。”

“你走的时候，感到做错了吗？”

“没有，我内心倒感觉非走不可。”

“走了之后呢？出了什么事儿，把你当初认定的真理变成了谬误呢？”

“我遭了很大罪。”

“只为这个你就说你错了？”

“不，不完全如此：正是这一点引起我的反思。”

“当初你就没有思考过吗？”

“当然思考过，可是，我那薄弱的理智被我的欲望控制了。”

“后来又被痛苦控制了。结果，今天你回来了……屈服了。”

“不，不完全如此；是安分了。”

“总之，你放弃了本想成为的那种人。”

"是狂傲要我成为的那种人。"

少年沉默了片刻,继而,他突然哭起来,高声说道:

"哥哥!我正是你离家出走时的样子。噢!告诉我,你在旅途上,遇到的全是令人失望的东西吗?而我预感外面与这里不同的一切,无非是海市蜃楼啦?我感到自身崭新的一切,全是痴心妄想啦?告诉我,你在路上都碰到什么灰心丧气的事啦?噢!是什么促使你回来的?"

"我追寻的自由,又丧失了;身受拘迫,我就不得不为人效命。"

"我在这里也受拘迫。"

"嗯,但那是效命于坏主人,而这里,你服务的对象,毕竟是父母。"

"嗳!反正是效命,至少能选择主人吧,难道连这点自由都没有吗?"

"当初我也是抱着这种希望。我就像扫罗①追寻他的驴子那样,也去追寻我的欲望,脚力能走多远就走多远;然而,等待他的是一个王国,而我寻到的却是苦难。不过……"

"你是不是走错路了?"

"我是一直朝前走的。"

"你敢肯定吗?其实,还有别的王国,还有不是王土的地方,总可以去发现。"

---

① 据《旧约·撒母耳记》载,扫罗为父亲寻驴子,走了许多地方也未找见,后来找先知撒母耳问路,而撒母耳已奉耶和华指示,要立扫罗为以色列人的国王。

“谁告诉你的?”

“我知道。我感觉到的。我还觉得已经统治那里了。”

“太狂傲了!”

“哼!哼!这是大哥对你说的话。为什么你现在也对我重复这种话呢?这种狂傲,你怎么不保住!那你就不会回来了。”

“那我也就不会认识你了。”

“会的,会的,在那边,我会同你会合,你能认出我这个小弟;甚至可以说,我还觉得出走就是为了找到你。”

“你要出走?”

“你还不明白吗?你不是亲口鼓励我走吗?”

“我是想打消你归来,不过先得打消你出走。”

“不,不,别对我讲这种话;不,你也不愿意这样讲。你也同样,对不对,当初你走的时候,就像一个出征者。”

“而这也使我更难忍受给人奴役。”

“那你为什么屈从呢?难道你就那么累得不行了?”

“不,还没有,但是我已有所怀疑。”

“你说什么?”

“怀疑一切,怀疑我自己。我想停下,最终在一个地方驻足;这个主人向我保证的安适,吸引了我……对,现在我明显感觉到了;我不行了。”

浪子垂下头,用手捂住眼睛。

“那么开头什么情况呢?”

“我长时间行走,穿越辽阔的蛮荒大地。”

“沙漠?”

“也不全是沙漠。”

“你去那儿寻找什么呢?”

“我自己也闹不明白了。”

“你站起来,瞧瞧我床头桌上,就在撕破的那本书旁边。”

“看见了,是一个裂开的石榴。”

“还是那天晚上,放猪倌给我带来的,那次他走了三天才回来。”

“对。这是一个野石榴。”

“我知道。这石榴涩得要命,然而我觉得,我若是渴急了,也会咬着吃的。”

“唔! 现在我可以告诉你了,我在沙漠里寻找的就是这种焦渴。”

“这种焦渴,还非吃这种不甜的果实而不能解……”

“不然,它倒让人喜欢上这种焦渴。”

“你知道什么地方能采到呢?”

“就是在一座荒废的小果园里,黄昏之前到达那里,四周没有围墙了,直接连着沙漠。那里流淌着一条小溪,枝头挂着一些半熟的果实。”

“什么果实?”

“跟我们园子里的一样,但那是野生的。那里终日都非常酷热。”

“听我说:知道今晚我为什么等你吗? 天不亮我就要走了。就在今天夜晚,今天夜晚;等天一蒙蒙亮……我已经打好了行装，今晚草鞋都留在身边了。”

“什么！我没有做成的事儿，你要去做？……”

“你给我开了路，想着你，我就能坚持下去。”

“我该敬佩你；而你则相反，应该忘掉我。你随身带着什么？”

“你也清楚，我是小儿子，家产根本没份儿。我空手上路。”

“这样更好。”

“你对着窗口看什么呢？”

“看咱们先辈长眠的园子。”

“哥……”少年说着，从床上起来，用他那变得和声音一样温柔的手臂，搂住了浪子的脖子，“跟我一道走吧。”

“让我留下吧！让我留下！我留下来安慰我们的母亲。没有我，你会更勇敢。现在到时候了。天色发白了。悄悄地走吧。好了！小弟，拥抱我吧：你带走了我的全都希望。你要坚强，忘掉我们，忘掉我。但愿你不要回来。下去慢一点儿。我拿灯照亮……”

“唉！让我拉着你的手，一直走到门口。”

“当心脚下的台阶……”

纪德生平和创作年表

1869 年

11 月 22 日,安德烈·保尔·纪尧姆·纪德生于巴黎梅迪契街 19 号(今埃德蒙·罗斯唐广场 2 号)。他是独生子。父亲保尔·纪德 1832 年生于法国南方的一个新教家庭,在巴黎大学法学院任教。母亲朱莉叶·隆多 1835 年生于鲁昂一个富有的资产阶级家庭,信奉天主教新教。二人于 1863 年在鲁昂结婚。

1877 年

入小学,在达萨街的阿尔萨斯学校读书,数月后因“不良习惯”被除名。此后,他在学校的系统学习中断,只好经常请家庭教师了。安德烈自小接受了两种矛盾的教育:母亲认为“孩子应当顺从,而不需要明白为什么”;“父亲则始终倾向于无论什么事,都要向我解释清楚”。父亲把自己喜欢的书推荐给他，给他朗诵莫里哀的戏剧故事、《奥德赛》中的段落、《天方夜谭》中的辛巴达冒险故事、阿里巴巴的故事、意大利戏剧的滑稽场面等。这些读物给他幼小的心灵留下深刻的印象，是他后来强烈表现出来的好奇心与探索冒险精神的种子。

1880 年

10 月 28 日，父亲保尔·纪德去世。

1882 年

年末，去鲁昂，得知舅母玛蒂尔德·隆多生活放浪，与人私奔，他表姐玛德莱娜为此痛苦不堪，他便萌生了对表姐的爱。

1887 年

10 月，又重入阿尔萨斯中学，进修辞班，开始与同学皮埃尔·路易(后来署名皮埃尔·路伊)交往。

1888 年

10 月，入亨利四世中学哲学班，结交了后来成为著名政治家的莱翁·布鲁姆。

1890 年

3 月 1 日，舅父埃米尔·隆多去世，安德烈陪表姐玛德莱娜守灵，他觉得那便是他们的订婚仪式。夏季，独自在安西湖畔写《安德烈·瓦尔特笔记》。12 月，去南方蒙彼利埃看望叔父，经济学家夏尔·纪德，在那里结识青年诗人保尔·瓦莱里。

1891 年

1 月 8 日，玛德莱娜拒绝了纪德的求婚。纪德的母亲也始终反对这门婚事。2 月 2 日，由作家巴雷斯引荐给诗人马拉美，此后他便成为罗马街“星期二聚会”的常客。11 月，同造访巴黎的奥斯卡·王尔德多次会面。自费出版了《安德烈·瓦尔特笔记》《那喀索斯解》。

1892 年

夏季，同诗人亨利·德·雷尼埃游布列塔尼。《安德烈·瓦尔特诗集》出版。

1893 年

10 月 18 日，同他的朋友，年轻画家阿尔贝·洛朗在马赛港登船去北非，游历突尼斯和阿尔及利亚。出版《爱的尝试》和《乌连之旅》。

1894 年

2 月，和洛朗取道意大利返回法国。10 月至 12 月，去瑞士拉布雷维纳,在孤寂中写出了《帕吕德》,并于次年出版。

1895 年

1 月至 5 月,再次去阿尔及利亚旅行。5 月 31 日丧母。6 月 17 日,他与表姐订婚。10 月 7—8 日在库沃维尔结婚,结婚旅行,一路游览瑞士、意大利、突尼斯和阿尔及利亚,直至次年 5 月才回国。

1897 年

结识汪荣博(文学活动中称亨利・盖翁)。《人间食粮》出版(法兰西水星出版社)。

1898—1900 年

出国旅行,先后去了意大利、阿尔及利亚(两度)。开始和在中国任领事的诗人克洛岱尔建立通信关系。出版傻剧《没有缚紧的普罗米修斯》、文论《致安棋尔的信》《借题发挥》。

1901—1903 年

先后出版剧本《康多尔王》《扫罗》和小说《背德者》。1903 年,游历德国,然后又去阿尔及利亚。

1905—1908 年

1906 年出版《阿曼塔斯》。1907 年出版《浪子归来》。

1908 年，同停刊的《隐居》杂志原班人马马赛尔·德鲁安、雅克·科波、亨利·盖翁、安德烈·鲁伊特、让·施伦贝格创建《新法兰西评论》杂志。从 1897 年开始同文学杂志《隐居》合作，直到 1906 年停刊为止。

1909—1911 年

出版小说《窄门》(1909)、《奥斯卡·王尔德》(1910)、《伊萨贝尔》。在《新法兰西评论》杂志创刊号上发表数篇文章。《新法兰西评论》在 20 世纪法国文学发展中，起了举足轻重的作用，许多重要作家的处女作都是在这份杂志上发表的。这家杂志社于 1911 年创建了自己的出版社，由加斯东·伽利玛任社长，这就是后来发展成法国第一大出版社的伽利玛出版社。

1912—1919 年

同亨利·盖翁一道去游历意大利(1912)，又一道去游历意大利、希腊和土耳其(1914)。第一次世界大战爆发后，在一战期间，全力投入“法国－比利时之家”的工作，救助被占领地区的难民。于 1916 年和马克·阿莱格雷有了同性恋关系，他同马克去瑞士逗留(1917)，又去阿尔及利亚共度 4 个月(1918)。妻子玛德莱娜因气愤而焚毁纪德给她写的全部信件。出版《梵蒂冈的地窖》(1914)、《重罪法庭回忆录》(1914)、《田园交响曲》(1919)。雅克·科波创建老鸽棚剧院(1913 年 10 月),隶属于《新法兰西评论》杂志社,成为戏剧改革的基地。

1922—1929 年

1922 年 2 月至 3 月,以陀思妥耶夫斯基为题,在老鸽棚剧院做了 6 场讲座。夏季,同赖塞尔贝格夫妇去蓝色海岸。1923 年 4 月 18 日,他与伊丽莎白·冯·赖塞尔贝格的私生女出生,取名卡特琳,直到 1938 年妻子去世后,他才正式认自己的女儿。1925 年 7 月 14 日,同马克·阿莱格雷登船去非洲,到刚果和乍得旅行考察,历时将近一年,回国后撰文猛烈抨击殖民制度和特许大公司的掠夺,引起议会辩论,媒体论战,政府被迫派员去调查。出版一系列重要作品:《科里东》(1925)、讨论宗教问题的《你也是……》《伪币制造者》《如果种子不死》(1926)、《刚果之行》(1927)、《乍得归来》(1928)、《妇人学校》(1929)。

1930—1935 年

去德国和突尼斯旅行(1930)。次年 1 月 4 日,与马尔罗前往柏林,要求戈培尔释放保加利亚共产党领袖季米特洛夫。同年 2 月,加入了"反法西斯作家警惕委员会"。7 月至 8 月去中欧旅行。1935 年 1 月 4 日,在巴黎的"争取真理联盟",以"安德烈·纪德和我们的时代"为题,展开公开大辩论。3 月至 4 月,同荷兰共产党作家丁·拉斯特去西班牙和摩洛哥旅行。6 月，主持在巴黎召开的“世界作家保卫文化代表大会”。出版小说《罗贝尔》（1930）、剧本《俄狄浦斯》（1931）、《日记》（1929—1932）、《新食粮》（1935）。《纪德全集》从 1932 年开始出版，至 1939 年出到 15 卷时因战争而中断。

1936—1939 年

从 1932 年开始关心苏联政治和社会的进步，越来越同情和接近共产主义。1936 年 6 月 17 日，应苏联政府（通过苏联作家协会）的邀请，同几位青年作家一道去访问，历时两个月有余，回国著文批评苏联当权者的政策。1938 年，再次去法属西非旅行，又先后到希腊和埃及，以及塞内加尔旅行（1939）。战争爆发后不久，到南方朋友家暂住。出版小说《热维维埃芙》（1936）、《日记新篇》《访苏归来》（1936）。《日记》（1889—1939）纳入经典的《七星文库》，开在世作家的先例。

1940—1946 年

1941 年，同《新法兰西评论》断绝关系，因为德里厄·拉罗舍尔将杂志拖入与德国合作的政治中。1942 年 5 月 4 日，登船去突尼斯逗留一年，再去阿尔及尔逗留数月，然后去摩洛哥，均住在朋友家中，共历时两年有余。1946 年 4 月 16 日，在贝鲁特做了《文学回忆与现实问题》的重要讲座。出版

《戏剧集》(1942)、《日记》(1939—1942)(纽约,1944)、《忒修斯》(纽约,1946)。

1947—1951 年

1947 年 6 月,获英国剑桥大学名誉博士称号,11 月获诺贝尔文学奖。1949 年 1 至 4 月,由让·昂鲁什录制《纪德谈话录》,于 11 月 10 日至 12 月 30 日在法国电台播放。1950 年,马克·阿莱格雷拍了电影《和安德烈·纪德在一起》。12 月 13 日,《梵蒂冈的地窖》在法兰西喜剧院首次演出。出版《戏剧全集》(1947)、《与弗朗西斯·雅姆通信集》(1948)、《与保尔·克洛岱尔通信集》(1949)、《秋叶集》(1949)、《日记》(1942—1950)。1951 年 1 月,计划去摩洛哥旅行。2 月 19 日,因肺炎在巴黎病逝,享年 82 岁。